1781

Andreï Makine

Himmel und Erde des *Jacques Dorme*

Roman

Aus dem Französischen von
Holger Fock und Sabine Müller

HOFFMANN UND CAMPE

Die Originalausgabe erschien 2003 unter dem Titel
»La terre et le ciel de Jacques Dorme« bei Mercure de France, Paris

1. Auflage 2004

www.hoffmann-und-campe.de
Schutzumschlaggestaltung: Büro Hamburg/Susanne Schwarz
Foto: Horace Bristol/CORBIS
Satz: Dörlemann Satz, Lemförde
Druck und Bindung: Clausen & Bosse, Leck
Printed in Germany
ISBN 3-455-05147-2

HOFFMANN
UND CAMPE

Ein Unternehmen der
GANSKE VERLAGSGRUPPE

Für Carole und Laurent

1

Sie waren so kurze Zeit zusammen, dass sie alles zugleich zum ersten und zum letzten Mal erlebten.

Zu Beginn der Nacht hat er bei ihren leidenschaftlichen Umarmungen die alte Kette zerrissen, die sie nie ablegte. Die kleinen Bernsteinperlen sind auf den Boden geprasselt, und der einsetzende Regen hat den feinen Kugelhagel nachgeahmt, dann ist er stärker geworden, zum Schauer, zum Wolkenbruch, schließlich zur Grundsee, und hat das Zimmer unter Wasser gesetzt. Nach einem brütend heißen Tag und dem trockenen Wind, der wie Insektenflügel sirrte, streift diese Woge ihre nackten Körper, tränkt die Laken mit dem Geruch feuchter Blätter, mit dem kühlen, herben Duft der Steppen. Die Wand zum Bett hin besteht nur noch aus Stümpfen verkohlter Rundstämme, die Verwüstung eines zwei Wochen zurückliegenden Brandes. Dahinter türmt sich der tief hängende, harzige violette Himmel auf. Der erste und der letzte Maisturm, den sie zusammen erleben.

Sie schlüpft aus dem Bett, zieht den Tisch in die Ecke, wo ihn der Regen am wenigsten trifft, und bleibt dann vor der abgebrannten Wand stehen. Er steht auf, geht zu ihr, legt seine Arme um sie, vergräbt den Mund in ihrem Haar, sein Blick verliert sich im dunklen Brodeln hinter dem Loch. Der Wind klatscht den Regen wie ein langes, nasses Tuch

auf ihre Haut. Der Mann fröstelt und murmelt der Frau ins Ohr: »Du frierst wohl nie …«
Sie lacht leise: »Ich bin seit mehr als zwanzig Jahren in diesen Steppen. Und du … ein Jahr? Das ist der Unterschied. Man gewöhnt sich daran, du wirst schon sehen …«
Ein Zug rüttelt an den Gleisen, die unmittelbar am Haus vorbei führen. Der Pfiff der Lokomotive gellt durch die Nacht, durch den Regen. Die Masse von Waggons kommt vor den Fenstern zum Stehen, der Strahl einer Lampe streift das Zimmer. Der Mann und die Frau verstummen, stehen eng aneinander gepresst. Vom Zug steigt ein Durcheinander von zischenden, wimmernden Stimmen, ein langes, schmerzvolles Röcheln auf. Verwundete, die an der Front nicht mehr zu gebrauchen sind, werden ins Hinterland evakuiert. Es ist seltsam, seinen eigenen Körper dabei so lebendig und noch dazu von Lust durchdrungen zu spüren. Und diese weiblichen Schultern, über die seine Finger streichen, den langsamen Puls, das warme Blut in der Mulde ihres Beckens. Und die Bernsteinperle, die unter die Fußsohle gekullert ist. Morgen würde er sie alle einsammeln und die Kette reparieren müssen.
Das Verblüffendste ist allerdings, an den morgigen Tag zu denken, an die Jagd nach den kleinen Perlen in diesem Haus, kaum hundert Kilometer von der Frontlinie entfernt, in diesem Land, das ihnen fremd ist, dem Mann noch mehr als der Frau. Unter ihnen setzt sich der Zug in Bewegung, beginnt wieder in seinem stählernen Takt zu stampfen. Sie verfolgen, wie das Gerüttel der Gleise im Rieseln des Regens untergeht. Die Frau ist glühend heiß.
»Mehr als zwanzig Jahre in diesen Steppen …«, fällt dem Mann ein, er lächelt in der Dunkelheit. Seit sie sich vor zwei Tagen begegnet sind, hat er ihr bereitwillig alles berichtet, was sich in jenen zwanzig Jahren in Frankreich zu-

getragen hat. Als wäre es möglich, sich an alles zu erinnern, als könnte er Jahr für Jahr alle Ereignisse auflisten, von 1921 bis zu jenem Juni 1940, als er Frankreich verlassen hat …

Regentropfen prasseln auf den Fußboden, ein nasser Schleier liegt auf ihren Gesichtern. »Meinst du, er kann sich tatsächlich behaupten?«, murmelt sie. »Ohne Armee, ohne Geld. General hin, General her …«

Er antwortet ihr nicht sofort, weil er von der Merkwürdigkeit dieser Augenblicke ergriffen ist: eine Frau, die ihren Mädchennamen seit so vielen Jahren nicht mehr gehört hat (von den Leuten hier wird sie »Schura« genannt, Schura oder manchmal Alexandra), er selbst als Pilot in Russland, das von einer Explosion zerfetzte Haus, dieses Nest an einem großen Fluss, ringsum die Steppe, in der es zu einer gigantischen Schlacht kommen wird.

Vom Sturm aufgeschreckt, stürzt ein Vogel ins Zimmer, flattert aufgeregt durch die Dunkelheit, entkommt durch das Loch in der Wand.

»Er hat zwar nur sehr wenige Leute«, murmelt der Mann, »und wer weiß, ob man mit den Engländern wirklich rechnen kann, aber es ist wie bei einem Luftkampf, es kommt nicht unbedingt darauf an, wie viele Flugzeuge man hat, auch nicht darauf, ob sie gut sind. Entscheidend ist … Wie soll ich sagen? Entscheidend ist die Luft. Ja, die Luft. Manchmal spürst du, dass die Luft dich trägt, dass sie es gut mit dir meint. Die Luft oder der Himmel. Man muss nur ganz fest daran glauben. Das gilt auch für ihn, entscheidend ist, ob er den Himmel auf seiner Seite hat … Und er glaubt daran.«

Unterwegs habe ich oft nachgerechnet, wie viele Jahre mich von dem Liebespaar trennen.
Fast fünfzig Jahre, denke ich wieder, als ich im Flugzeug am Bullauge sitze und die eintönigen Abendstunden über Sibirien an mir vorüberziehen lasse. Fünfzig Jahre bis auf ein paar Monate … Die Zahl müsste mich beeindrucken. Doch statt mich zu wundern, spüre ich ganz stark, dass die beiden Liebenden in mir leben, dass sie ein ureigener Teil meiner selbst sind.

Ohne Pike oder Schistock, die man in den Panzer aus Schnee stoßen muss, den der Sturmwind blank gefegt hat, kann man draußen keinen Schritt mehr tun. Drinnen, im langen Esszimmer der Isba, glüht der gusseiserne Ofen. Es riecht nach verbrannter Rinde, schwarzem Tabak und neunzigprozentigem Schnaps, der mit Moosbeerensirup gemischt ist. Ich bin vor knapp einer Stunde angekommen, habe mein Ziel erreicht, ich bin in dem Haus, das sie hier »den Rand« nennen. (»Es liegt am Rand«, sagte mir ein Einheimischer, als er mir den Weg wies. – »Am Rand von was?« – »Am Rand, so sagen wir einfach. Das letzte Haus, du wirst schon sehen. Dort ist ein Hubschrauberlandeplatz. Aber bei dem Schneesturm erkennst du sowieso nichts. Und lass auf keinen Fall das Seil los!«) Ich machte mich auf den Weg, duckte mich tief unter den

Böen, die an meinem Rucksack zerrten, umklammerte mit der einen Hand einen alten Schistock und hangelte mich mit der anderen an dem dicken Seil entlang, das von einem Haus zum nächsten gespannt war.
Jetzt sitze ich in der warmen Küche und warte darauf, dass das Stampfen nachlässt, das ich von der Reise immer noch in den Ohren habe. Eine tagelange Zugfahrt, dann weiter mit dem Flugzeug, zuletzt dieses grässliche Raupenfahrzeug, das mich durch die Eiswüste hierher brachte. Und die letzte Etappe: das endlose Vorwärtshangeln an einem vereisten Seil, das mühevolle Stapfen bis zum Haus am Rand. Am Rand wovon? Am Rand der Welt, der bewohnten Welt, der Arktis, der Polarnacht. Hier endet das Seil, festgenagelt an den Rundstämmen des Hauses.
Meine Füße in den Stiefeln lassen sich wieder bewegen. Meine Hände werden warm, die Finger gehorchen mir wieder, ich kann die Tasse anheben, ohne etwas zu verschütten. Geschafft, freue ich mich im Stillen. Ich bin in der Gegend, die einst Jacques Dorme überflogen hat. Morgen werde ich den Ort sehen, an dem ein Leben zerbrach, das ich seit meiner Kindheit in mir trage. Sein Leben und das Leben der Frau, die ihn geliebt hat. Ich fühle mich schläfrig, zufrieden, erschöpft, hinter den geschlossenen Lidern tauchen die Bilder von einem Tag, einer Stadt auf, von denen man mir erzählt hat, von einer Nacht, die ich mir in meiner Phantasie ausgemalt habe. Von der Nacht, in der der Regen niederprasselte wie Bernsteinperlen …
»Hör mal, Genosse, kennst du die Geschichte von dem jungen Kerl aus Moskau, fast so einer wie du, der zum ersten Mal in die Taiga nach Jakutien kommt? Warte, ich erzähle sie dir …«
Einer meiner Gastgeber hat zu reden begonnen. Sie sind

zu dritt im Haus am Rand. Die beiden Geologen, die ulkigerweise denselben Vornamen nannten, als sie mir die Hand schüttelten und sich vorstellten: Lew. Zwei Leos, zwei Löwen, dachte ich und verkniff mir ein Grinsen. Der erste, groß und breitschultrig, hatte offenbar meine Gedanken erraten und ergänzte: »Nein, nein, der richtige Löwe bin ich. Er ist noch ein Junges …« Der zweite, klein und mit einem Gesicht voller Frostbeulen, krähte daraufhin: »Klappe, Trotzki!« Zur Begrüßung trank ich mit ihnen ein Glas von jenem barbarischen Gebräu, dessen Alkoholgehalt von dem Moosbeerensirup nur wenig gemildert wurde, dann gelang es mir mit fast zauberischer Leichtigkeit, sie zu überreden, mich am nächsten Tag auf ihre Expedition mitzunehmen. »Klar doch, Genosse, wir müssen es nur mit dem Piloten absprechen, es ist so gut wie abgemacht. Solange wir es am Berg krachen lassen, fliegt er dich, wohin du willst.« Ich holte eine Flasche Cognac aus meinem Gepäck, die ich aus Paris mitgebracht hatte, wir gossen drei große facettierte Gläser voll. Sie tranken, schauten sich fragend an. In Russland ist es unhöflich, an einem Geschenk herumzunörgeln. »Schmeckt … gut«, meinte schließlich der große Lew. »Ja, nicht schlecht«, bestätigte der kleine, »wie der Messwein. Dürfte den Frauen schmecken. Valia, ein Gläschen gefällig?«
Valia, die Köchin, lehnte kopfschüttelnd ab. Ihre Arme waren bis zu den Ellbogen weiß von Mehl, sie knetete Teig an einem großen Tisch in der anderen Ecke des Zimmers. Eine Frau, die alles sprengt: große, schwere Brüste, über die sich ihr Pullover spannt, ein breites Gesäß, das die gesamte Sitzfläche bedeckt, wenn sie sich auf einen Hocker setzt. Sie hat Schlitzaugen wie die Jakuten, ist aber auch sehr hellhäutig, ein Fleischberg, der eher an die Frauen aus der Ukraine erinnert. Welcher Mann würde es mit

solch einer Riesin aufnehmen?, dachte ich mit einem Schauder von Bewunderung.

Jetzt lausche ich der Geschichte, die der kleine Lew erzählt:

»… er kommt also aus Moskau direkt in die Taiga, hat von nichts eine Ahnung, er ist so wie ihr alle und platzt vor Eifer. Die alten Sibirer sagen ihm gleich: ›Wenn du einer von uns werden willst, musst du dreierlei tun: erstens eine Flasche Wodka in einem Zug austrinken, zweitens eine Jakutin besteigen und drittens einem Bären in der Taiga die Hand schütteln.‹ Das will sich unser Moskauer nicht zweimal sagen lassen, er schnappt sich eine Flasche, und hopp – ist in einem Zug leer! Dann rennt er in die Taiga. Eine Stunde später kommt er völlig zerkratzt zurück und brüllt aus vollem Hals: ›Geschafft! Jetzt zeigt mir eine Jakutin, damit ich ihr die Hand schütteln kann!‹ Hahaha …«

Sie verschlucken sich beinahe vor Lachen, ich auch, denn Lachen ist ansteckend, besonders wegen der witzigen Pantomime, die der kleine Lew gibt: Ein Grünschnabel kippt einen halben Liter Schnaps die Kehle hinunter, rennt in die Taiga und vergewaltigt eine Bärin. In diesem Augenblick kommt Valia mit einem großen Teller dampfender Kartoffeln hinzu. In ungebremstem theatralischen Eifer stürzt sich der kleine Lew auf sie, geht sie von hinten an, umschlingt mit den Händen ihre Hüften und stupst sie mit dem Kinn in ihren breiten Rücken: Der Moskauer Einfaltspinsel attackiert die Bärin. Lächelnd, aber mit flammendem Blick, dreht sie sich um: Wie kann dieser Zwerg es wagen! Ihre Hand donnert auf Lews Kopf wie die Tatze einer Bärin. Eine gutmütige Demonstration ihrer Kraft. Der Mann landet an der Wand, das Gesicht von Mehl bestäubt.

In der Nacht bildet das Pfeifen des Schneesturms den Hintergrund, vor dem sich alle anderen Geräusche abzeichnen: das Schnarchen der beiden Lews, das knackende Holz im Ofen, ab und zu das Rascheln einer Buchseite. Im Nebenzimmer liest Valia den dicken Schmöker, den ich bei meiner Ankunft auf einem Fensterbrett liegen sah. Es ist einer jener Romane aus den sechziger Jahren, in dem sich ein Liebespaar im Schatten der Baustellen riesiger Elektrizitätswerke findet, ein Roman über die Eroberung der Taiga, die berühmten Heldentaten für das Vaterland. Eine Welt, die tatsächlich vielleicht gar nicht so weit entfernt ist vom Leben dieser Frau oder ihren Träumen? Ich weiß nicht, wann sie das Licht gelöscht hat.

Gegen Mitternacht peitschen die Böen so heftig an die Scheiben, dass alle anderen Geräusche davon übertönt werden. Was für ein winziger Punkt ich in diesem Winkel der Welt bin. Woran könnte man sich orientieren? An der zerklüfteten, eisigen Küste des Arktischen Ozeans? An der Beringstraße? Am Gipfel des Pobeda – »Sieg« auf Russisch –, der sich westlich von uns erhebt?

Für mich kann diesen Ort allerdings nichts besser lokalisieren als die Erinnerung an Jacques Dorme und sein Leben.

Jacques Dormes Lebensgeschichte hat mich auf der gesamten Reise begleitet. Sie beschäftigte mich so sehr, dass ich mich an manche Bahnhöfe, an manche Städte, durch die ich kam, kaum noch erinnern kann, dass sie mich mitten in der Menge von den Menschen abschnitt. Ich war von Paris nach Warschau gereist und ohne Schwierigkeiten bis in die Ukraine gelangt (die sich kurz zuvor für unabhängig erklärt hatte), dann saß ich einige Stunden an der neuen Grenze zu Russland fest. Vor einem kleinen Barackenlager ausgesprochen, das vom Schneeregen durchnässt war, schienen die Wörter »Grenze« und »Visum« aus einer Satire von Tschechow zu stammen. Genauso wie die eigenartig weiblich geschnittenen Uniformen der Grenzbeamten, die Adler auf ihren Mützen und der aufgestickte Tand. Das alles erinnerte an Weihnachtsbäume. Und dann noch die Papiere, die ich ihnen vorlegte. Der Pass eines Staatenlosen, mit dem es mir erlaubt war, »in alle Länder außer der UdSSR« einzureisen. Die UdSSR gab es nicht mehr, und die Einschränkung hatte eine unheimliche, quasimetaphysische Bedeutung bekommen. Der Ausweis, der von einem alten Algerier im Pariser Stadtteil Barbès schlecht verschweißt worden war, hatte unter Feuchtigkeit gelitten, und die dünne, sich wellende Pappe mit dem verwischten Stempel musste misstrauisch machen. Aus Mitleid über meine Naivität nannte mir ein Lastwagenfahrer schließlich den Preis, den ich zu zahlen hätte, wenn ich die Grenzen passieren wollte: Schnaps. Ich hatte zwei Flaschen Cognac im Gepäck. Eine dürfte genügen, meinte er. Die Flasche war bereits geleert, als der Hauptmann der Grenzpolizei sie in seiner Manteltasche verschwinden ließ und einen kleinen blauen Stempel anhauchte.

Ich war zum ersten Mal wieder in Russland, und ich war illegal eingereist. Das sonderbare Gefühl, zurück zu sein, wurde bald von dem befremdlichen, manchmal komischen, manchmal schmerzlichen Eindruck überdeckt, den ich von den neuen Verhältnissen bekam. Vom Denkmal in einer ukrainischen Stadt – zwei Menschen, die sich die Hand drücken – mit der goldenen Inschrift: »Es lebe das Bündnis zwischen der Ukraine und …« Das Wort Russland hatte man einfach herausgerissen. Vom Preis – eine Flasche Cognac – für mein Visum. Und vom Menschenauflauf hinter einem hässlichen Restaurantgebäude eines Abends in Moskau. Es war Anfang März, die Männer traten im Schneematsch von einem Bein aufs andere, feixten, zwinkerten sich zu, aber mit einem verkrampften Lachen, während ihre Blicke an zwei großen, unverhängten Fenstern im Erdgeschoss klebten. Man sah auf eine weiß gekachelte Wand, die in fluoreszierendes Licht getaucht war, zwei Spiegel, einen Händetrockner, der einsam vor sich hin surrte. Eine Frau erschien vor dem einen Spiegel, knöpfte ihren Mantel auf, entblößte ihren splitternackten Körper, ohne sich um die Zuschauer zu kümmern. Sie drehte sich sogar ein wenig auf ihren hohen Absätzen, damit man ihren sehr üppigen Busen mit den dunklen Brustwarzen und das sich wölbende Schamdreieck sehen konnte. Eine andere stützte ihren Fuß auf die Leiste an der Wand und begann am Verschluss ihres Stiefels zu nesteln.

Ihr entblößtes Bein war unter dem Minirock bis zur Hüfte zu sehen, ein fülliger Schenkel, eingeschnürt von einer roten Strumpfhose … Es war nicht zu bestreiten: Diese improvisierte Schau von Prostituierten in der Toilette eines Restaurants bewies eine gewisse Liberalisierung. Weniger Heuchelei als früher, mehr Phantasie … Ein Fortschritt, dachte ich und ging weiter.
Zwei Tage später dachte ich dasselbe in einer Großstadt an der Wolga. Um mir die Zeit bis zur Abfahrt meines Zugs zu verkürzen, ließ ich mich in der Menschenmenge treiben und gelangte so in einen Park. Zwischen knallbunten Buden feierte man irgendein Stadtfest oder einfach einen schönen Sonntag bei strahlendem Sonnenschein, in dem der Schnee vom Vortag glänzte. Vom Geruch des Neuschnees berauscht, dessen beißende Kälte in die Nase stach, verschmolz ich mit dem Lachen, den Blicken und Worten, die ich nicht mehr deuten musste, und stolperte weiter über die Schneeverwehungen auf meinem Weg. Dieses Wiedersehen war wie ein Traum, alles war auf Anhieb verständlich, jede Wahrnehmung fand auf wunderbare Weise den direkten Weg ins Herz. Trunken von der Sonne und der guten Laune um mich, kam mir im Überschwang sogar ein verdächtig patriotischer Gedanke: Vielleicht haben sie gerade noch drei Rubel im Geldbeutel, aber sie lachen und feiern wie früher. Welche Befähigung zur Freude mitten im Untergang! Im Westen dagegen … Die Fröhlichkeit ließ mich alles durch eine rosarote Brille sehen, und ich hätte meine Gegenüberstellung der slawischen Seele und des seelenlosen Westens noch weiter vorangetrieben, wenn ich nicht plötzlich dem vollkommenen Ausdruck des Glücks im Gesicht eines Mädchens begegnet wäre. Es war neun oder zehn Jahre alt, von fast übernatürlicher Schönheit und ging an der Hand einer

Frau, wahrscheinlich seiner Großmutter. Sie blieben einige Schritte vor mir stehen, das Kind sah mich neugierig an. Ich lächelte ihm zu. Und plötzlich erkannte ich, dass dieses unfassbar schöne, kleine Gesicht geschminkt war. Nicht aufdringlich, aber sehr gekonnt, von einer Erwachsenen. Man hatte das Mädchen nicht für den Jahrmarkt herausgeputzt, sondern in eine aufreizende, niedliche Kindfrau verwandelt. Jetzt bemerkte ich auch, dass es bereits dämmerte und die Buden geschlossen wurden. Ich hatte noch den Kopf voller Lachen und Sonne. Die ersten Straßenlaternen flackerten im blassvioletten Abendlicht. Die Frau wandte sich um und betrachtete mich abschätzend. Dann streichelte sie dem Kind übers Kinn und murmelte: »Das Fest ist zu Ende. Wenn du noch Süßigkeiten haben willst …« Das Kind blickte starr auf mich. Im letzten Augenblick schluckte ich die Worte hinunter, die mir bereits auf der Zunge lagen: »Sie haben eine schöne Enkelin …« Ich hatte begriffen, was hier gespielt wurde. Die Frau zog das Kind an der Hand weiter, und ich sah sie zu dem großen Schuppen aus Fertigbauteilen gehen, der »Bierbar«. Hinter meinem Rücken hörte ich zwei Verkäuferinnen angewidert seufzen und zischen: »Hast du gesehen, die Alte mit der Kleinen ist wieder da. Tja, so ist das: Die Kleine ernährt die Alte. Ich würde die Dreckskerle, die so etwas machen, aufhängen lassen …«
Am Ende des Weges sah ich die beiden, eine große und eine kleine Silhouette, die sich vor der hell erleuchteten »Bierbar« abzeichneten. Ich hätte sie aufhalten, ihnen das Geld geben sollen, das ich bei mir hatte. Oder die Polizei rufen, der Alten das Kind wegnehmen. Aber war es wirklich das, was ich meinte, begriffen zu haben? Die Buden entlang des Weges hatten bereits die Läden geschlossen, aus den Ritzen drang Licht. Man ahnte das

Schweigen der Inhaber. Die Dunkelheit des Parks, diese kleinen Häuschen, von denen jedes ein Geheimnis barg, das geschminkte Kind, das mich angelächelt hatte … Ich wollte lieber an ein Missverständnis glauben.

Die einzigen Orte, an denen ich das Gefühl hatte, tatsächlich zurückgekehrt zu sein, waren die Gänge der Metro und die Unterführungen, die zu Märkten des Elends geworden waren. Greise boten Alltagsgegenstände zum Verkauf an, die in den Wohnungen, den Zimmern, denen man sie entrissen hatte, eine schreiende, nie wieder aufzufüllende Leere hinterließen. Kein fröhliches Durcheinander wie auf einem Flohmarkt, sondern Relikte eines Lebens, das die neuen Zeiten zerstört hatten. Vieles erkannte ich wieder, hier das abgewetzte Porzellan einer Tasse, dort ein Paar Schuhe mit dem typischen Absatz, ein Kofferradio Marke sowieso … Überbleibsel aus meiner Kindheit, eine ganze Epoche, die von den blau gefrorenen, greisen Händen verramscht wurde.
Mehr als alle anderen Veränderungen, mehr noch als die obszöne Zurschaustellung des neuen Reichtums verblüffte mich diese versprengte Vergangenheit. Die fieberhafte Geschwindigkeit, mit der man sie zum Verschwinden brachte. Diese Vergangenheit und die Schönheit des geschminkten Kindergesichts. Und dass ich keine Ahnung hatte, was man in diesem neuen Zeitalter tun musste, um das Kind zu schützen.

Sibirien ließ mich dieses misslungene Wiedersehen vergessen. Hier hatte sich noch nichts verändert. Lediglich einige neue, aus dem Zusammenbruch des Reichs entstandene Republiken machten die Landkarte bunter. Das Land war und blieb dasselbe: endlos, weiß, gleichgültig gegenüber den wenigen Menschen, die es betraten. In der winterlichen Starre lauerte man nicht auf die Zuckungen in den neuesten Nachrichten, sondern wartete auf den rötlichen Schimmer der Sonne, der nach einer langen Polarnacht bald am Horizont erscheinen würde.

Als ich den Geologen in der Isba am Rand zuhörte, drängte sich mir der Gedanke auf, dass sie aus derselben Zeit stammten wie die Gegenstände, die von den Greisen in den Gängen der Metro verkauft wurden. Sie lebten, wie sie immer gelebt hatten, als ob die achttausend Kilometer Schnee zwischen ihnen und Moskau den Lauf der Zeit angehalten hätten. Steckten sie nicht in den sechziger, siebziger Jahren? Ihre Lebensweise, ihre Art zu reden waren der Zeit zwanzig oder dreißig Jahre hinterher. Den Witz von dem Neuankömmling, der eine Bärin besteigt, hatte ich in meiner Kindheit mehr als einmal gehört. Eine Zeitverschiebung von zwanzig Jahren. Oder vielmehr eine Zeit im Abseits der Geschichte, ein Strom von Tagen, gemessen am Klirren der Fensterscheiben im böigen Wind, dem Fauchen des Feuers, dem Atemrhythmus dieser drei schlafenden Menschen, die sich bei aller Verschiedenheit doch so ähnlich waren, die beiden Männer mit den von der arktischen Kälte verbrannten Gesichtern und die große Frau mit den Schlitzaugen, die im Nebenzimmer schlief. (Wovon träumten sie? Von all dem Schnee? Oder schien in ihren Träumen eine südliche Sonne?) Wenn in den Nachtstunden der Kopf auf dem Arm ruht, gibt unser Puls den Takt an, das warme Pochen irgendwo in der weißen Unendlichkeit, in der Tiefe einer kosmischen, vom schillernden Nordlicht erleuchteten Dunkelheit.

Ein Brausen weckte mich, das säckeweise Schneeflocken gegen die Fensterscheiben schleuderte und das Haus mit einem dumpfen Vibrieren erfüllte. Ich brauchte einige Zeit, bis ich begriff, dass soeben ein Hubschrauber neben dem Rand gelandet war. Hinter der Tür des Essraums wurde Licht gemacht, ich hörte Aluminiumteller und -tassen klappern. Die Geologen standen hastig auf, mir schien sogar, in einer Art Panik. Der große Lew rieb sich wie wild das Gesicht unter dem Wasserhahn. Der kleine Lew griff rasch zu seinem Rasiermesser …

Als die Tür mit dem Klirren zerspringenden Eises aufsprang, glaubte ich, den Grund für ihre Hast zu begreifen. Der Mann musste sich beim Hereinkommen bücken, und als er mitten im Zimmer stand, befand sich sein Gesicht auf gleicher Höhe mit der Glühbirne, die unter der Decke hing. Er trug eine Jacke aus gewendetem schwarzen Schafsfell, Stiefel aus Rentierleder. Von seiner großen Höhe herab musterte er das Zimmer. Das Durcheinander, das von dem Zechgelage am Vorabend zurückgeblieben war, entging ihm nicht, doch er sagte nichts, sondern wartete, bis die beiden Lews ihn begrüßten.

Sie gaben sich betont locker, vermieden jedoch, ihm ins Gesicht zu sehen: »Tag, Chef! In fünf Minuten sind wir so weit, Kommodore!« Der große Lew wirkte nun beinahe gedrungen. Der kleine Lew war gezwungen, den Arm hochzustrecken, um dem Piloten die Hand zu reichen.

Der Mann betrachtete sie stumm, dann griff er nach der leeren Cognacflasche: »Ihr hattet mich offensichtlich schon gestern erwartet.« Seine Stimme klang tief wie die Kupplung eines Geländewagens bei extremem Frost. »Ich warne euch, wenn ich beim Flug den leisesten Hickser höre, werfe ich euch mitsamt eurem Sprengstoff raus …«

Die Küchentür ging auf. Valia brachte einen großen Teekessel, aus dem ein Dampfschleier aufstieg. Mir fiel ein, dass ich mich staunend gefragt hatte, welcher Mann es wohl mit ihr aufnehmen könnte. Neben dem Piloten wirkte ihr Körper wieder normal proportioniert, sie wurde weiblich, ja sogar verführerisch. »Willst du etwas essen?«, fragte sie ihn.

Er grinste und antwortete ein wenig unwirsch: »Nein, keine Zeit, für den Abend ist Wind angekündigt. Gib den beiden Schnapsbrüdern ein bisschen Salzlake, sonst kotzen sie mir die Maschine und die halbe Arktis voll.« Er schwenkte die Cognacflasche und brummte immer noch grinsend: »Jetzt besaufen sie sich also schon mit Importschnaps! Aristokraten ...«

Um des Friedens willen fiel ihm der kleine Lew ins Wort und deutete auf mich: »Weißt du, Chef, die Flasche hat uns der Genosse aus Moskau mitgebracht. Das ist Cognac, aber von wegen stark! Er könnte heute übrigens mitkommen, er ist Journalist ...« Der kleine Lew wurde immer kleinlauter, am Ende stammelte er nur noch.

Der Pilot wandte sich zu mir, musterte mich mit strengem, aber nicht feindseligem Blick und murmelte: »So, der Genosse aus Moskau ... Sie machen sie betrunken, so dass sie hinterher mit dem Arsch knallen, statt Berge in die Luft zu sprengen.« Er bückte sich und war bereits auf dem Weg in die Küche, als er mir über die Schulter hinweg zuwarf: »Was das Mitkommen betrifft, tut es mir Leid, ich mache keine Rundflüge.« Damit war die Sache für ihn erledigt.

Meinem Blick ausweichend, folgte ihm der große Lew auf dem Fuß. Der kleine sah mich zerknirscht an und hob die Arme zum Zeichen seiner Machtlosigkeit.

Ich ging nach draußen. Der Tag war angebrochen: Sche-

menhaft erschienen die Berge im aschgrauen Morgenlicht, zu meinen Füßen streckte ein zwergwüchsiger Baum ein wirres Gespinst dünner Äste zum Himmel, das mich an Stacheldraht erinnerte. Im Halbdunkel wirbelte der Hubschrauber die Flocken zu einem langsamen Tanz auf. Ich war nur noch eine Flugstunde von meinem Ziel entfernt. Seit Paris hatte ich mehr als elftausend Kilometer zurückgelegt. Irgendwo in dieser eisigen Bergkette lag das Flugzeug von Jacques Dorme. Die Kälte schnitt mir ins Gesicht (waren es minus fünfunddreißig Grad? Oder minus vierzig, wie am Abend zuvor?) und trieb mir Tränen in die Augen, in deren Facetten sich mein Blick brach. Plötzlich begriff ich, dass es für mich lebenswichtig war, jenen Ort zu besuchen, dass nicht schriftstellerische Neugier Grund meiner Reise war, sondern dass mich insgeheim das Leben hierher geführt hatte, dass mein Leben anders verlaufen würde, wenn ich diesen Ort nicht sehen könnte.
Die Tür knarrte. Die beiden Lews kamen mit Kisten beladen aus dem Haus und marschierten damit zum Hubschrauber. Ich hörte Valia sprechen. Der Pilot blieb auf der Türschwelle stehen. Ich näherte mich ihm ungeschickt, stellte mich in den Weg: »Hören Sie, ich könnte Ihnen vielleicht ...« Angesichts des Ausdrucks in seinen Augen zog ich es vor, den Satz nicht zu beenden (»... etwas bezahlen.«).
Er klopfte mir auf die Schulter und riet mir ausgesprochen freundlich: »An Ihrer Stelle würde ich schnell ins Dorf zurückkehren. Die nächste Schneeraupe kommt erst am Abend.«
In diesem Augenblick, als ich einsah, dass nichts zu machen war, als ich nichts mehr erwartete, begann ich mit fast erloschener Stimme über Jacques Dorme zu sprechen. Es gelang mir, in ein paar schnörkellosen, knappen Sätzen

sein Leben zu erzählen. Ich war derartig niedergeschlagen, dass ich kaum hörte, was ich sagte. Und nur in diesem Zustand konnte ich die ganze schmerzhafte Wahrheit dieses Lebens vermitteln. Ein Flieger aus einem fernen Land begegnet einer Frau, die aus demselben Land stammt wie er, und sie lieben sich wenige Tage in einer Stadt, von der bald nur noch Ruinen übrig sind. Dann wird er ans Ende der Welt geschickt, um von dort Flugzeuge zur Front zu fliegen, und stirbt, als er unter dem fahlen Himmel des Polarkreises an einer Gletscherwand zerschellt.
Ich hatte es anders erzählt. Nicht besser, aber kürzer, näher an dem, was das Liebespaar verband.
Der Pilot ließ den Türgriff los und murmelte, als würde er sein Gedächtnis durchforsten: »Ah, jetzt verstehe ich. Es geht um diese Luftbrücke zwischen Alaska und Sibirien. Die Alsib … Lauter Fliegerasse in den Staffeln. Heute sind sie fast vergessen … Handelt es sich um das Flugzeug, das man am Dreizack sehen kann?«
Ich nickte zustimmend. Der Dreizack, ein Berg mit drei Gipfeln.
Eine Kiste auf seiner Schulter balancierend, kam der kleine Lew die Treppe herunter: »Chef, das ist die letzte, wir können starten!«
Der Pilot hustete. »Und diese Frau … was hat sie mit Ihnen zu tun? Haben Sie sie gekannt?«
Ich sprach sehr leise, als gäbe es in dieser weißen Wüste niemanden, der mich verstehen müsste: »Sie war wie eine … Ja, sie war wie eine Mutter für mich.«
»Alles okay, Kommodore!« Die Tür fiel zu, schnitt dem großen Lew die Stimme ab.
»Haben Sie Ihren Ausweis dabei?«, fragte der Pilot und rieb sich dabei die Nase. Ich dachte an meinen Pass, der in einer fremden, für ihn unlesbaren Sprache ausgestellt

war, und an den Gültigkeitsvermerk »in allen Ländern mit Ausnahme der UdSSR«.
»Nein, ich bin eigentlich … Nein, habe ich nicht.«
Er nickte, hob die Arme etwas, als wollte er sagen: »In diesem Fall kann ich nichts für Sie tun«, dann deutete er plötzlich mit dem Kinn in Richtung seines Hubschraubers und seufzte mit einem Lächeln: »Meinetwegen, steigen Sie ein.«
Beim Start hatte der Hubschrauber für einen Augenblick Schräglage. Ich sah das Haus am Rand, das Licht im Küchenfenster, und mir schien, als hätte der Pilot ebenfalls zu diesem Fenster hinuntergesehen.

Zweieinhalb Jahre nach dieser heimlichen Reise war das Manuskript fertig. Ein sehr romanhafter Bericht, denn zu jener Zeit glaubte ich, nur die Fiktion könne das Unerhörte der Wirklichkeit zum Vorschein bringen.
Mehrere Verlage lehnten das Manuskript ab, und schließlich führte es jenes gespensterhafte, wenngleich schwärmerische Eigenleben, das alle systematisch zurückgesandten Texte ereilt: das Leben einer Totgeburt oder eines Geistes in einer Vorhölle, das von wieder aufkeimender Hoffnung, von Nächten fieberhafter Überarbeitung, von Abscheu gegen das Geschriebene gekennzeichnet ist. Man fühlt sich wie ein Prediger in einer stark bevölkerten Wüste. Steckt in einer Sackgasse, deren Ende in dem Maße zurückweicht, wie man vorankommt. Eine endlose Einbahnstraße.
Ich war schon halb auf diesem Weg, als das Ende der Gasse plötzlich näher zu rücken schien. Ich saß in einem der großen Pariser Verlagshäuser im Büro der Cheflektorin. Sie lobte das Manuskript so überschwänglich, dass ich vermutete, es könne eine Falle sein. Mir waren alle Umstände des Treffens verdächtig. Ich hatte einen Intellektuellen mit schütterem weißem Haar, tiefem Husten und nach Zigarettenqualm stinkenden Kleidern erwartet, der in Manuskripten fast unterging, einen echten Verlagsmenschen also. Stattdessen traf ich auf eine Frau, die mit

eidechsenhafter Anmut hinter einem Tisch thronte, auf dem nichts weiter lag als mein Manuskript. Klein, brünett, mit sehr dunklen, glänzenden Augen saß sie auf einem hohen, altertümlichen Stuhl, der so hart war, dass sie ein Kissen benötigte. Sie hatte jenen weiblichen Charme, der einen Mann nervt, der diese Art Frau nicht mag, sich aber sehr genau vorstellen kann, was andere Männer ganz verrückt nach ihr macht. Hinterher wurde mir das klar. Als wir uns gegenübersaßen, hatte ich jedoch nur Augen für ihre Lippen, die ohne jede verlegerische Vorsicht eine ausgesprochen wohlwollende Meinung formulierten. Ich glaubte zweifelsohne an das Wunder, dass der Prediger in der Wüste endlich erhört wurde, und das führte mich in die Irre.

Ich fiel ihr ins Wort (sie meinte: »Besonders schön ist dieses Paar, das Kind und die alte Französin, die von ihrer Heimat erzählt und ihm ihre Sprache beibringt …«), ich verriet ihr die wahre Geschichte, die hinter der Romanhandlung steckte, Fragmente eines Lebens, die nur die Fiktion zusammenfügen konnte, Momente einer Liebe, die nur die Phantasie zu einer Liebesgeschichte verbinden konnte, ein Heer von Männern und Frauen, die wieder dem Vergessen anheim gestellt werden mussten …

»Übrigens waren diese alte Französin und ihr Enkel in Wirklichkeit gar keine …« Ich trieb die Enthüllung weiter voran und hinterließ ungewollt ein Werk der Zerstörung. An der leicht enttäuschten Miene, die plötzlich auf dem Gesicht der Frau erschien, hätte ich es merken müssen. »Trotzdem hat es alle Romanfiguren tatsächlich gegeben!«, schloss ich, als wollte ich einen Qualitätsbeweis liefern.

Ich weiß nicht, ob sie sich bewusst war, dass mich ihre Lobeshymnen zu diesem absurden Bekenntnis gebracht hatten. Sie war enttäuscht wie ein Münzensammler, der vor einem Fund alter Münzen, die ihm ein Erdarbeiter gebracht hat, einen begeisterten Vortrag über Epoche und Ort ihrer Prägung hält und der plötzlich mit ansehen muss, wie der Arbeiter einen Dukaten nimmt und einfach darauf beißt, um zu beweisen, dass er aus Gold ist.

Ihre Stimme war unverändert: »Ja, gewiss … Ich wollte Ihnen lediglich sagen, dass es im hinteren Teil, in dem Sie über den Piloten sprechen, zu viel bloße Information gibt, die noch gar nicht literarisch verarbeitet worden ist. Und was den General betrifft, diese Begegnung ist …«

»Aber so war es tatsächlich …«

»Genau. Das ist der Haken. Es ist zu wahr für einen Roman.«

Ich verließ das Büro mit einer letzten Frist für die Umarbeitung des fraglichen Teils, die sie mir höflich, aber bestimmt eingeräumt hatte. Die Treppe war zu eng und zu gefährlich, um gleich über Literatur nachzudenken. Auf dem Bürgersteig in der Biegung zur Rue du Bac fiel mir dann eine schlagfertige Antwort ein, aber zu spät. Unter einer Flut von Argumenten kam mir auch die Debatte um Wirklichkeit und Fiktion in den Sinn, die *Krieg und Frieden* ausgelöst hatte. Die Kritiken waren vernichtend gewesen, Historiker fanden tausend Fehler im Buch, eine Zeitschrift kam zu dem Schluss: »Wenn dieser Autor nicht so viel Talent besäße, müsste man ihn verdammen.« Am schwersten aber wog das Urteil des alten Gelehrten Narow, der Tolstoi seine herabwürdigende Darstellung des russischen Oberbefehlshabers Kutusow nicht nachsehen konnte. Denn Tolstoi zeigt uns den Retter Russlands am Abend vor der entscheidenden Schlacht gegen Bonaparte ganz behaglich und entspannt in einer ziemlich undisziplinierten Haltung im Lehnstuhl sitzen und einen französischen Roman lesen! *Die Schwanenritter* von Madame de Genlis ... »Wie pervers muss eine Phantasie sein, die eine so irrige Szene erfindet?«, tobte der Gelehrte: »In diesen schicksalsschweren Stunden saß Kutusow zweifellos über den Karten des Generalstabs und studierte sie oder las, im schlimmsten Falle, in *Julius Cäsar.*« Man kann Narow schwerlich widersprechen, zumal er selbst an der Schlacht teilgenommen und dabei einen Arm verloren hat. Und dennoch ... Nach seinem Tod fand man in seiner Bibliothek eine große Anzahl französischer Romane, darunter auch *Die Schwanenritter*, auf deren Vorsatzblatt handschriftlich vermerkt war: »Gelesen im Hospital, wo ich als Gefangener der Franzosen meine Wunden kurierte.«

Einige Sekunden lang bedauerte ich, dass ich der Lektorin diese Anekdote nicht erzählt hatte. Aber was zeigte die Geschichte denn eigentlich? Karten des Generalstabs oder Madame de Genlis? Vielleicht nur die Melancholie eines alten Mannes, dem noch ein Jahr zu leben bleibt, eines Mannes, der so viele Schlachten, so viele Triumphe und Niederlagen erlebt hat und der, »in diesen schicksalsschweren Stunden«, mit seinem Blick die heitere Ruhe eines schönen Septembertages einfängt. Morgen, das weiß er, wird es mit dieser Ruhe vorbei sein, wird sie in der von Explosionen aufgewühlten Erde untergehen, im Getrampel hunderttausender Männer, die es eilig haben, sich gegenseitig niederzumetzeln, in den Strömen von Blut, das die voraussichtlich fünfzig- oder hunderttausend Opfer vergießen werden. Und wenig später wird wieder dieselbe Ruhe einkehren, dieselbe Sonne scheinen, derselbe Altweibersommer herrschen.

Während ich die Rue du Bac hinunterging, sagte ich mir, dass man dieser kindischen Aufrechnung des Wirklichen gegen das Erfundene wahrscheinlich nur entkommen kann, wenn man die ganz einfachen Augenblicke des menschlichen Daseins festhält. Den Blick des alten Kutusow aus dem offenen Fenster in den Septemberhimmel … Durch nichts anderes.

Ich wusste von vornherein, dass es unmöglich sein würde, die Geschichte von Jacques Dorme umzuschreiben. Wozu sollte man sie »literarischer« machen? Man konnte auch nicht dem General die Schuld in die Schuhe schieben, jenem Mann, für den es laut dem Piloten entscheidend war, ob der Himmel auf seiner Seite sein würde … Was er gesagt hatte, war mir in diesen Worten wiedergegeben worden, als ein einzelnes, wahres Erlebnis. Der französische General war nur eine unscharfe Gestalt in einem mehr oder wenig zufälligen Gespräch, das in einer Nacht stattfand, die eine zerrissene Bernsteinkette vor dem Vergessen bewahrt hat. Warum hätte ich diese Geschichte anders erzählen sollen?
Ich opferte also diese beiden Männer, straffte die Erzählung und dachte dabei nicht ohne Gewissensbisse an jene Gruppenfotos aus der Stalinzeit, auf denen die Gesichter der führenden Parteimitglieder, die Stalin hinrichten ließ, von Spezialisten wegretuschiert worden waren.
Es war vergebliche Liebesmühe, das Manuskript wurde dennoch abgelehnt, dann anderswo angenommen und mit großem Erfolg veröffentlicht. Es brachte mich vorübergehend ins Rampenlicht und setzte mich einem erstaunlich lang anhaltenden Hass aus (»Glauben Sie ernsthaft, diese Ausländer könnten uns beibringen, französisch zu schreiben?«, fragte ein Kritiker). Schließlich geriet ich

erneut in Vergessenheit, nur dass die Anonymität diesmal viel leichter zu ertragen war als zuvor, weil ich mir nichts mehr vormachte.

Gegen Ende des ganzen Wirbels kam es dennoch zu einer Begegnung, die indirekt mit den beiden geopferten Personen verbunden ist. An einem Abend in Canberra, im Mai, dem australischen Herbst, spreche ich nach einer Diskussionsveranstaltung mit meinen Lesern (diese unwiderstehliche Neugier zu erfahren, was an meinem Roman »wahr« und was erfunden ist ...) und anschließend mit dem französischen Kulturattaché, einem etwa dreißigjährigen Mann, der beim Abendessen so taktvoll ist, nicht in die Rolle der Leser zu schlüpfen, wie es die Botschaftsangehörigen üblicherweise tun, sondern mich zu Atem kommen lässt und auch wenig über sich selbst spricht. Nach dem Essen, als wir wieder unter dem eigenartig bestirnten Himmel stehen, erzählt er plötzlich vom Todestag des Generals (er ist sein Urgroßneffe, trägt seinen Namen, aber er ahnt nicht, welche Bedeutung dieser Name in meinem Leben hat). Eigentlich hat er gar nicht viel mitbekommen an jenem Tag, denn er war noch zu jung. Ein Panzerwagen der Infanterie, der statt eines Geschützturms den Sarg trug, transportierte diesen zu einer kleinen Kirche, es gab eine schmucklose Trauerfeier ... In der Schule bekamen sie die Aufgabe, ihre Gedanken zu dem Verstorbenen aufzuschreiben.
Er erzählt ohne jeden Hintergedanken, weckt aber meine Phantasie, er gesteht, dass er als Kind zumeist nur unwichtige Einzelheiten behalten hat. Ich spüre, dass meine Geschichte sich mit seiner treffen könnte, dass ich dazu jedoch eine Brücke schlagen müsste von dem Jugendlichen, dem eine Frau die Geschichte von der zerrissenen Kette

und dem über das Eismeer fliegenden Piloten erzählt, zu jenem Jugendlichen, der den französischen General in den Steppen hinter der Wolga gesehen hat. Einen Augenblick lang bin ich kurz davor, mich zu offenbaren, und auch er scheint in diesem Moment etwas von meiner Vergangenheit zu ahnen … Dann richten wir beide unser Augenmerk auf das Kreuz des Südens, das in dieser Herbstnacht besonders hell strahlt, und gehen auseinander.

2

Von diesem Jugendlichen habe ich einen frühen Morgen vor der halb offenen Tür zum Krankenzimmer in Erinnerung. Ich stehe dort, will schon anklopfen, da bemerke ich plötzlich, dass die Frau, die in dem Zimmer sitzt, ihre linke Brust drückt und massiert, als hätte sie Herzschmerzen. Vielleicht will sie auch einfach nur den Büstenhalter zurechtrücken, der ihren großen Busen einengt. Ich klopfe, trete ein. Sie untersucht mich, beginnt, die tiefe Schürfwunde auszuwaschen, die sich über meinen ganzen Schenkel zieht. Sie ist eine junge Frau mit rötlich schimmerndem Haar und langsamen Bewegungen. Ich bleibe stehen und überrage sie dadurch, es ist ein verwirrendes Gefühl, eine erwachsene Frau so zu sehen, ihren geneigten Kopf und die Resignation in ihren Augen. Als sie zu mir aufblickt, herrscht eine Art stummes Einverständnis zwischen uns. Beim Hinausgehen gelingt es mir nicht, bei der Krankenschwester, die mich verarztet hat, Mutter und Frau auseinander zu halten. Beide sind mir zutiefst fremd, nach beiden sehne ich mich.

Ich habe mich verletzt, als ich versuchte, die Mülltonne des Waisenhauses an einem aufgeweichten Abhang festzuhalten. Jeden Morgen taucht ein Aufseher mit einer Namenliste in der Tür zum Schlafsaal auf und verkündet, wer an dem Tag für diesen Frondienst eingeteilt ist. Zwei

Namen, und als Antwort ein dumpfes Gestammel von Flüchen.
Diesmal war ich an der Reihe zusammen mit einem Jungen, der von allen verachtet wurde, und zwar nicht, weil er schwächlich war, was zur Logik der kleinen Welt des Waisenhauses gepasst hätte, in der es auf Stärke ankam, sondern wegen seiner urwüchsigen Art. Wir hatten ihm den Spitznamen »Kaff« gegeben, weil er so bäuerlich wirkte mit seinen ewig schlammverkrusteten Schuhen und diesem Tick, sich ständig am rasierten Schädel zu kratzen ... Ohne ein Wort mit ihm zu wechseln, packte ich einen der Griffe des großen Stahlbehälters, dann schoben wir ihn im verregneten Morgengrauen jenes Herbsttages einen Feldweg entlang. Plötzlich ertönte eine Stimme hinter uns: »Wartet! Nehmt das noch mit!« Auf der Türschwelle zum Hauswirtschaftsraum stand die Bibliothekarin zwischen zwei großen Pappkisten. »Die liefert ihr im Heizraum ab ...«
Kaff holte die Kisten, stellte sie auf den Deckel der Mülltonne und machte Anstalten weiterzugehen. Doch kaum war die Tür ins Schloss gefallen, blieb er stehen, zwinkerte mir zu und machte sich über die Kisten her. »Vielleicht ist was zu futtern drin«, rechtfertigte er sich. Und ich hatte ihn für dumpf und phantasielos gehalten ... Mit einer großen Fünf-Kopeken-Münze, deren Rand zu einer Klinge gefeilt war (die Erzieher bestraften unerbittlich jeden, bei dem sie ein Messer fanden), schnitt er die Schnur durch und sprengte den Deckel der Kiste auf ... »Mist! Nichts als Bücher ... Vielleicht in der anderen!« Es war dasselbe: nur Broschüren, alle mit einem Foto auf dem Titel, das wir mühelos erkannten. Nichtssagendes Vollmondgesicht, kahler Schädel: Chruschtschow, der im Jahr zuvor gestürzt worden war. Seitdem waren seine Porträts von den Fassaden in der Stadt verschwunden, und jetzt

wurde als verspätetes Echo auf die Ereignisse in Moskau seine berühmte Parteitagsrede aus den Provinzbibliotheken entfernt.

Der Heizer saß vor dem glühenden Schlund eines Ofens und nahm die Kisten ausdruckslos entgegen. Er öffnete die erste, gab ein leises, eher trauriges Lachen von sich und warf die Broschüren eine nach der anderen ins Feuer.

»Ach, Nikita, sie waren doch gerissener als du, was?«, kommentierte er die Bücherverbrennung. »Und die, die nicht rehabilitiert worden sind, können sich weiter abstrampeln ...« Dann erinnerte er sich an uns: »He, Jungs, beeilt euch, es hat schon geläutet ...«

Auf dem Rückweg bat mich Kaff, einen Moment zu warten, und tauchte in das Gestrüpp ein, das an der Böschung wucherte. Wegen ihres Gestanks entfernte ich mich einige Schritte von der Mülltonne. Über dem Hügel wurden die Fensterreihen des Waisenhauses sichtbar: Die Schlafsäle waren dunkel, in den Klassenräumen brannte Licht. Sogar die Umrisse der Lehrer vor den Tafeln waren zu erkennen. Der einzige Vorteil des Mülldienstes war, dass man ein paar Minuten zu spät kommen durfte.

»Die, die nicht rehabilitiert worden sind ...« Der am weitesten verbreitete Mythos, den die Schüler besonders eifersüchtig hüteten, bestand genau darin: Der zu Unrecht verurteilte Heldenvater wird endlich rehabilitiert, er kehrt zurück, kommt ins Klassenzimmer, platzt mitten in den Unterricht, weckte bei der Lehrerin und den Klassenkameraden sprachlose Begeisterung. Ein gut aussehender Offizier, dessen Uniform mit Orden gepanzert ist. Es gab auch Varianten mit Polarforschern, gefallenen Kriegshelden und U-Boot-Kommandanten. Doch die Rückkehr des Rehabilitierten überwog alle anderen Legenden, denn sie entsprach etwas mehr der Wirklichkeit. Die Besonderheit des Waisenhauses bestand darin, Kinder von Männern und Frauen aufzunehmen, die sich im letzten Krieg ausgezeichnet, sich später jedoch als ihrer Heldentaten unwürdig erwiesen hatten. So lautete jedenfalls die Version, die uns mal recht taktvoll, wie man anerkennen muss, mal mit der Gehässigkeit eines wütenden Lehrers – »Wie der Vater so der Sohn …« – mitgeteilt wurde.

»Müssen ganz schön schuften, die Gimpel.« Kaff war wieder aus dem Dunkel aufgetaucht und deutete mit dem Finger auf die Fenster, wo die Köpfe der Schüler zu sehen waren. »Wie Kanarienvögel in einem Käfig«, fügte er abfällig hinzu. Wir setzten unseren Weg fort. Damals konnte ich noch nicht im vollen Umfang verstehen, was der Heizer angedeutet hatte (wir waren elf, zwölf Jahre alt, Kaff muss ungefähr vierzehn gewesen sein, denn er hatte die Klasse mindestens zweimal wiederholt), aber das Wesentliche hatte ich begriffen: Eine neue Epoche begann, die unsere Träume mehr denn je ins Reich der Phantasie verwies. Der gut aussehende rehabilitierte Offizier würde für immer vor der Tür des Klassenzimmers bleiben und sie nicht aufstoßen können.

Ich war so in Gedanken versunken, dass ich nicht aufpasste, als wir Schwung holten, um die Mülltonne den Hang hinaufzuschieben. Ich rutschte aus, fiel zu Boden und riss mir dabei an einem rostigen Stahlteil den Schenkel auf. »Du Glückspilz! Heute ist dein Tag«, bemerkte Kaff, als er die Wunde abtastete: »Na los, schnell zur Krankenschwester.«

Ich bekam also einen freien Tag, vor allem aber verfolgte mich von nun an das Bild der Frau, die ihre linke Brust anhob, und die Erinnerung daran, dass ich mich dieser Frau bis auf wenige Zentimeter genähert hatte und ein Geheimnis mit ihr teilte.

Liebe macht verletzlich. Die Jungen, die mich zwei Tage später angriffen, hatten zweifelsohne die Schwäche des Verliebten wahrgenommen. Die Verhältnisse im Waisenhaus waren durch äußerst spannungsreiche Kraftlinien bestimmt. Es galt, um jeden Preis seinen Rang in der Hierarchie der Starken und der weniger Starken zu verteidigen, genau wie im Gefängnis oder in der Unterwelt. Ich gehörte weder zu den jungen Bandenchefs noch zu den Schwächsten. Man griff natürlich niemanden einfach so an, denn selbst der Schwächste hielt vielleicht ein großes, zu einer scharfen Klinge zurechtgefeiltes Fünf-Kopeken-Stück in seinen Fingern.

In der großen Pause (ich betrachtete die kahlen Bäume draußen hinter der Scheibe und dachte, dass die Krankenschwester sie von ihrem Fenster aus auch sehen müsste) wurde ich durch einen Hieb gegen die Schulter an die Wand gedrückt, und die Mitschüler um mich wichen zurück. Es war ein kleiner Bandenchef, umringt von seiner Horde. Sein Gesicht hatte bereits erwachsene Züge, wie es häufig bei Südländern vorkommt, und er kannte schon all die kleinen Grimassen der Männlichkeit, die ganze Mimik eines jungen Platzhirsches, der sich seiner Schönheit bewusst ist. Es folgten Beschimpfungen, um die Keilerei zu provozieren, dann das Gelächter seiner Bande. Schließlich fiel, immer wieder unterbrochen vom kurzen Ausspucken der Tabakkrümel, die an seiner Lippe hingen, der entscheidende Satz, in dem sich seine Überlegenheit voller Verachtung und fast schmachtend ausdrückte:

»Das weiß doch jeder, dass sie deinen Vater mit dem Maschinengewehr abgeknallt haben wie einen Hund …«

Damit waren alle Regeln verhöhnt. Man beschimpfte sich und schlug sich häufig, doch man rührte niemals an die Legende der Heldenväter. Als ich mich auf ihn stürzte, wandte er mir bereits den Rücken zu, um es seinen Handlangern zu überlassen, mich fertig zu machen. Andere gesellten sich zu ihnen, die von der kollektiven Gewalt angestachelt wurden und ihre Chance sahen, im plötzlich durcheinander geratenen Kastensystem aufzusteigen.

Das Erscheinen eines Lehrers am Ende des Flurs befreite mich. Ich richtete mich auf, versuchte hastig mein Hemd zurechtzuziehen, an dem mehrere Knöpfe fehlten, und meine blutige Nase abzuwischen. Angreifer und Angegriffene wurden bei uns unterschiedslos bestraft.

Als ich in der Toilette mein Gesicht in den eiskalten Strahl des Wasserhahns hielt, kam ich allmählich wieder zu Sinnen. Während ich darauf wartete, dass das Nasenbluten aufhörte, hatte ich sogar Zeit, über diesen Angriff nachzudenken, der alle unsere Legenden ins Wanken brachte. »… deinen Vater … abgeknallt wie einen Hund …« Dieser kleine Bandenchef, der seine Männlichkeit erprobte, wusste nicht, was er tat. Er wusste aber sicher, dass seine Version für jeden unserer Väter galt: heruntergekommene Helden, die dem Suff, dem Verbrechen oder, schlimmer noch, den Systemveränderern anheim gefallen waren und ihr Leben in einem Lager oder im Kugelhagel eines Wachmanns beendet hatten. Wir hatten den Heldenmythos immer sehr laut vertreten, aber schon seit einiger Zeit bemerkt, dass er Risse bekam. Auch die Kinder, die nicht den alten Heizer beim Verbrennen von Chruschtschow-Broschüren gehört hatten, ahnten, dass die Zeit zu Ende ging, in der man noch hoffen konnte. Es war Mitte der sechziger Jahre (1965, genau gesagt). Wir erfuhren nicht viel, das Wort »Tauwetter« kannten wir nicht, und dennoch waren wir im wahrsten Sinne des Wortes Kinder des »Tauwetters«. Wir verdankten dem kahlköpfigen und feisten Mann, dessen Bücher man verbrannte, dass wir relativ

komfortabel in einem Waisenhaus lebten und nicht hinter Stacheldraht in einem Umerziehungslager.
Das alles begriff ich damals sehr undeutlich. Es war ein Vorgefühl, eine diffuse Angst, die ich mit den anderen teilte. Und eine Art Erleichterung: Nicht nur mein verliebter Blick war schuld daran, dass die anderen so angriffslustig waren, sondern unsere kleine Welt brach langsam zusammen, und einer der ersten Splitter hatte mich gerade im Gesicht getroffen.

Ein Roman könnte diesem Tag, dem Schmerz dieses Tages, viele Nuancen abgewinnen, könnte die Tage erfinden, die ihm vorausgingen und ihm folgten. Mir ist nur die Gestalt des Jungen in Erinnerung geblieben, der an der Wand steht, die blutende Nase in die Höhe hält und sie mit Daumen und Zeigefinger zusammenkneift. Hinter den kleinen, schmutzigen Toilettenfenstern steht eine Reihe kahler Bäume, man sieht auf eine Flussbiegung, einen schlammigen Weg. Der Junge lächelt. Ihm ist etwas eingefallen: Hätte er einfach Nasenbluten, könnte er die Krankenstation aufsuchen und darum bitten, dass man ihn versorgt … wie er es sich tausendmal erträumt hat. Aber seine Nase ist grauenhaft angeschwollen (sollte er sich so der Frau im weißen Kittel zeigen? Niemals!). Ein andermal vielleicht. Es kommt ihm plötzlich so vor, als wären Blut und Schmerz auf wunderbare Weise mit dem Versprechen der Liebe verbunden. Er lässt seine Nase los, wäscht sich das Gesicht, spitzt die Ohren. Auf dem leeren Flur vor der Tür ist alles still. Die Mitschüler in den Klassenzimmern können noch mit ihren verlogenen Heldenlegenden leben. Er hat das Recht auf Träume gerade verloren. Die Wahrheit schmeckt nach dem Blut, das er ins Waschbecken spuckt, sie ist von schmerzlicher Schönheit wie die ersten Schneeflocken, die er plötzlich draußen vor dem Fenster sieht. Sie besitzt die Vollkommenheit der weißen Sterne, die von den breiten Radspuren im Schlamm geschluckt werden.

In der brüchigen Wahrheit der Erinnerung gibt es auch jenen Herbstabend, ein Zimmer, das von einer alten Tischlampe mit blaugrünem Schirm erhellt wird, jene Frau mit silbergrauem Haar, die die abgerissenen Knöpfe wieder an mein Hemd näht, unsere beiden Teetassen, das kartonierte Buch mit den abgenutzten Lederecken, in dem ich gerade einen Satz gelesen habe, an den ich mich noch dreißig Jahre später erinnern werde (was ich damals nicht ahne): »So starb für die drei Lilien an den Ufern der Maas und genauso bettelarm wie in seiner Jugend, als er nach Paris kam, einer der lautersten und schönsten Soldaten des alten Frankreich …«
Die Frau steht auf, gießt mir heißen Tee ein, legt in dem kleinen Ofen in der Ecke des Zimmers einen Holzscheit nach. Ich lese den Satz noch einmal, kann ihn schon fast auswendig. An diesen Soldaten aus alter Zeit zu denken lindert den Schmerz über den Hohn, dessen Gift weiter in mir brennt: »… deinen Vater … abgeknallt wie einen Hund …«

In einer erfundenen Geschichte wäre alles anders, von einer überflüssigen Exotik. Dieses Haus, das ganz mit dunklen Latten verkleidet ist und bei Einbruch der Nacht so düster wirkt, ein Zimmer irgendwo zwischen den verschachtelten Wohnungen und dunklen Treppen, eine Frau mit rätselhafter Herkunft, dieses alte französische Buch …

Und doch fand ich an jenem Novemberabend nichts ungewöhnlich. Ich war wie jeden Samstag aus dem Waisenhaus gekommen, um einen Tag bei Alexandra zu verbringen: ein Glücksfall für mich, denn nur wenige von uns hatten eine Tante, die sie zu sich einlud. Für mich war es diese Frau, die meine Eltern gekannt hatte. War sie Ausländerin? Gewiss, doch ihre Herkunft war seit vielen Jahren verblasst unter der Härte ihres russischen Lebens, unter den Trümmern des Krieges, der die Überlebenden von ihrer Vergangenheit, von ihren Verwandten und ihrem früheren Leben abgeschnitten hatte. Außer ihr lebten in dem großen Holzhaus noch eine Familie Wolgadeutscher, eine uralte Koreanerin (Opfer eines jener Umsiedlungsprojekte, von denen Stalin besessen war) und in einem langen, schmalen Zimmer im Erdgeschoss ein Krimtatare, Jussuf der Schreiner, der eines Tages zu jener Frau, die ich besuchte, sagte: »Weißt du, Schura, ihr Russen ...« Dabei stammte sie aus der Gegend von Paris.
Auch ihr französischer Vorname war mit der Zeit russifiziert worden: Zuerst nannte man sie Schura, daraus wurde dann die Koseform Sascha, und schließlich kam es zu dem Namen, von dem die Koseform abgeleitet war und der mit ihrem Taufnamen nichts zu tun hatte: Alexandra.
Nur die Bücher, die zu lesen sie mir nach und nach beigebracht hatte, verrieten noch ihre französische Herkunft: »So starb für die drei Lilien ...«
Wollte man wie in einem Roman von diesen Lehrjahren berichten, würde man zweifellos die vielen Entdeckungen aneinander reihen, die für einen Jugendlichen mit einer »französischen Erziehung« verbunden waren. In Wirklichkeit war das Überraschendste jedoch die Selbstverständlichkeit, mit der ich nach meiner Ankunft im

großen Holzhaus die dunklen Treppen hinaufstieg, die Tür zu Alexandras Zimmer aufstieß und meine Tasche auf einen Stuhl stellte. Ich kannte in etwa die Geschichte des Hauses: Ein gewisser Wenedikt Samojlow, der vor der Revolution im Wollhandel mit Zentralasien tätig war, hatte es zu Anfang des Jahrhunderts ursprünglich als kleines Herrenhaus in hellem Holz erbaut, war dann von seinem Besitz vertrieben worden und verschwunden, hatte aber eine umfangreiche Bibliothek hinterlassen, die schnell von den gefräßigen Öfen dezimiert wurde, mit denen die neuen Bewohner die immer stärker verkommenden Zimmer beheizten. Im Krieg war das Haus, das in einem Dorf bei Stalingrad stand, von einer Bombe getroffen worden und hatte einen Flügel verloren, von dem in meiner Kindheit noch ein großes, verkohltes Mauerstück zu sehen war.

Um bei der Wahrheit zu bleiben – der Wahrheit der Erinnerung – muss ich zugeben, dass ich mich weder über diese verkohlten Rundstämme noch über die äußerste Ärmlichkeit der Wohnungen wunderte. Auch dass es so bunt zuging wie in einer Karawanserei, fiel mir nicht auf. Ich stieg die Treppe hinauf, atmete mit Vergnügen die Düfte ein, jene Mischung aus Küchengerüchen und Wäscheduft, die nur ein Familienleben hervorbringen kann, traf die Hausbewohner, freute mich, ihnen gleich zu sein, frei und nicht mehr kaserniert, ging in Alexandras Wohnung (schon in der eisigen Dunkelheit des Treppenaufgangs roch es nach ihrem guten Tee) und hatte das Gefühl, endgültig heimzukehren in ein Haus, das auf mich wartete und das ich nicht am nächsten Tag wieder verlassen musste. Ich war endlich zu Hause.

Dieses Gefühl von Beständigkeit habe ich seither in meinem Leben nie wieder empfunden …

Bei diesen Besuchen habe ich zweifellos eine »französische Erziehung« genossen. Es war jedoch eine Erziehung ohne Plan, ohne Vorsatz. Ein aufgeschlagenes Buch auf der Ecke des Tisches, ein russisches Wort, dessen französische Herkunft Alexandra mir erklärte … Das Gefühl, endlich zu Hause zu sein, vermischte sich unmerklich mit dieser fremden Sprache, die ich erlernte. Die Verschmelzung wurde mit der Zeit so innig, dass die französische Sprache noch Jahre später für mich einen Ort und eine Zeit heraufbeschwor, die der Atmosphäre eines Elternhauses entsprachen, das ich nie gehabt hatte.

Sie hatte damit begonnen, mir ihre Sprache beizubringen, weil es damals in der Ärmlichkeit unseres Lebens der letzte ihr verbliebene Reichtum war, den sie teilen konnte. Hin und wieder ein Abend, der mir die Illusion eines Familienlebens und diese Sprache schenkte. Bestimmt hatte es einen Auslöser gegeben, ein Wort, einen Bericht, Neugier, die durch etwas geweckt worden war, aber ich habe es vergessen. Allerdings erinnere ich mich noch sehr gut an den Tag, als ich ein kleines Zimmer betrat, das durch den Brand im Frühjahr 1942 vom Rest des Hauses abgeschnitten war. Seit zwanzig Jahren war dieser Verschlag unter den Dächern unzugänglich, mit dicken Brettern vernagelt, die die Bewohner vor die aufgerissene Mauer gesetzt hatten. Die Tür zu der Kammer ging ins Freie hinaus, hing über der Lücke, die der eingestürzte Hausflügel hinterlassen hatte. Um dorthin zu gelangen, war ich auf dem Treppenabsatz aus dem Fenster gestiegen. Die Kletterei war nicht ungefährlich, denn ich musste mich an einem zersplitterten Balken festhalten, meinen Fuß auf die Sockelleiste eines verschwundenen Dielenbodens stellen, mich mit dem ganzen Körper an das verkohlte Holz pressen und dabei nach der Türklinke greifen. In der Kammer fand ich die Überreste von Samojlows Bibliothek, stapelweise Bücher, die durch das Feuer, die Zeit und das Wetter ruiniert waren. Vor allem fremdsprachige Bücher, mit denen die Bewohner nichts hatten anfangen können und die dank der Abgeschiedenheit dieses Zimmers nicht in den Öfen gelandet waren. Ich brachte einige von meiner gewagten Expedition mit. Alexandra schimpfte (ich war erst sieben Jahre alt), dann zeigte sie mir ihre Bücher. Stammten sie auch aus der zerstörten Bibliothek, oder waren sie noch älter? Ich weiß es nicht. Heute erinnere ich mich nur an diesen Augenblick: Ich drücke mich an die verkohlten Balken, strecke die Hand zur Türklinke aus, und plötzlich sehe ich in einem Zinnspiegel, der an der Wand hängt, mein Ebenbild und begreife, dass die Leere, an der ich mich entlanghangle, früher einmal ein bewohntes Zimmer war, ich habe Zeit, mir ins Gesicht zu sehen, eine Sekunde Zeit in meinem Leben, die unerhörte Einzigartigkeit einer Sekunde, während sich am Himmel sehr langsam, fast reglos, Schnee ankündigt.

Meine »französische Erziehung« ähnelte dem Bemühen eines Paläontologen, der anhand von Knochenfunden eine verschwundene Welt rekonstruiert. Die Abschottung unseres Landes zur damaligen Zeit machte aus dem französischen Universum eine Landschaft, die so geheimnisvoll war wie die der Kreidezeit oder des Karbon. Jeder Roman aus Alexandras Regal verwandelte sich in ein Zeugnis einer untergegangenen, wenn nicht gar außerirdischen Zivilisation, in ein Fossil, einen Bernsteintropfen, der anstelle eines Insekts eine Figur, eine Stadt in Frankreich, ein Stadtviertel von Paris einschloss.

In den folgenden Jahren las Alexandra die französischen Klassiker mit mir, doch jenem kleinen vernagelten Zimmer verdanke ich es, dass mein Wissensdrang nicht nachließ. Ich fand dort viele französische Bücher, manche waren von der Feuchtigkeit zerfressen und unlesbar geworden, andere waren in alter Orthographie gedruckt mit der Endung »-oit« anstelle von »-ait« im Imperfekt, die mich anfangs irreführte. In einem dieser vergessenen Bände entdeckte ich eine Anekdote, die mich mehr prägte als manch berühmter Schriftsteller (ich schämte mich lange, dies zuzugeben). Sie handelt von der Schauspielerin Madeleine Brohant, die zu ihrer Zeit berühmt war, die ihre letzten Lebensjahre in großer Armut verbrachte und im vierten Stock eines baufälligen Hauses in der Rue de Rivoli wohnte. Einer der wenigen Freunde, die ihr treu geblieben waren, beklagte sich einmal atemlos über den anstrengenden Aufstieg. »Nicht doch, mein Lieber«, antwortete die Schauspielerin, »außer dieser Treppe habe ich nichts mehr, womit ich Ihnen den Atem rauben könnte!« Die geschliffensten Alexandriner, die geistreichsten Romane haben mir nicht mehr über das französische Wesen beibringen können als diese Antwort von sanfter Bitterkeit, deren musikalische Bewegung ich heute noch in mir spüre.
Gab es irgendeine Logik in Alexandras Unterweisung? In einem fiktiven Werk wäre es ein Leichtes, sich die Etappen, den Fortschritt, die Errungenschaften auszudenken. Mir sind aber nur eine Hand voll Augenblicke oder lichte Momente ohne erkennbaren Zusammenhang in Erinnerung geblieben, Madeleine Brohants Antwort, aber auch ein Tag im bewegten und aufrührerischen Leben der Duchesse de Longeville. Durstig stürzt sich die Abenteurerin auf ein Glas Wasser, das man ihr bringt, trinkt und erklärt

mit einem wollüstigen Seufzer: »Schade, dass es keine Sünde ist!«
Dennoch gibt es auch eine Verbindung zwischen den Bruchstücken, die mir im Gedächtnis geblieben sind. Durch die Kunst des wohlgesetzten Wortes oder des Bonmots, das Pflegen der Doppeldeutigkeit, des Sprachspiels ist die Wirklichkeit weniger endgültig und die Urteile über sie sind weniger vorhersehbar. Zu jener Zeit hallten in der russischen Lebenswelt noch die stalinistischen Parolen nach: Begriffe wie »Volksfeind«, »Vaterlandsverräter« waren noch immer in Gebrauch. Ungeachtet unserer Heldenträume wussten wir im Waisenhaus ganz genau, dass unsere Väter mit ebendiesen Begriffen bezeichnet wurden. In Propagandaformeln gegossen, hatten diese Wörter die Härte von Stahl, das Gewicht von Gusseisen. Beim Verbrennen der Chruschtschow-Broschüren hatte der alte Heizer etwas von »Voluntarismus« (dessen man Chruschtschow offiziell beschuldigte) gemurmelt. Er hatte das Wort wohl im Radio aufgeschnappt und sprach es falsch aus, als handelte es sich um den komplizierten Namen für eine Krankheit, deren man sich schämen muss. Wir wussten nicht, was dieser Begriff bedeutete, aber wir fühlten eine dunkle Bewunderung für die Macht dieses »-ismus«, der soeben den ersten Mann im Staat entmachtet hatte und unsere Lehrer zwang, gewisse Abschnitte in unseren Schulbüchern zu meiden.
Unbewusst habe ich diese stählerne Sprache neben die Leichtigkeit eines Glases Wasser gestellt, das auf den Lippen der Duchesse de Longeville zur Sünde wurde, und neben die ätherische Sanftheit, in die man eine anstrengende Treppe hüllen kann, die Herzklopfen verursacht. Worte, die töteten, neben Worte, die befreien konnten, wenn sie auf eine bestimmte Weise gebraucht wurden.

Dieser Gegensatz brachte mich eines Tages zu Alphonse Martinville … Ich räumte mit rußigen Händen Bücher auf, die häufig zwischen meinen Fingern zerfielen. Die Tür des verlassenen Zimmers umrahmte einen milden und strahlenden Frühlingshimmel, die Seiten des Buches hingegen, das ich unter einem Stapel alter Zeitungen entdeckt hatte, zitterten vor revolutionärem Eifer, vom Rumpeln der Guillotine. Es war im Jahr II, die Menge gierte nach Blut. An jenem 15. Ventôse rann das Blut wie Regen über die Klinge des Fallbeils, über das Schafott, aber man hatte keine Zeit mehr, es abzuwaschen. Ein junger Verurteilter erschien. »Tretet vor, Alphonse de Martinville!«, befahl der Vorsitzende. Erstaunt darüber, dass man ihm ein Adelsprädikat gab, entgegnete der junge Mann mit dem Mut eines Desperados: »Ich bin hier, damit man mich kürzer macht, und nicht, damit man mich verlängert!« Diese Erwiderung überzeugte die Menge und gefiel dem Gericht. Ein Schrei ertönte: »Bürger! Lasst ihn frei!« Der Jubel war allgemein. Martinville wurde freigelassen.

Von jenen Werken sind mir einige ein wenig willkürlich im Gedächtnis geblieben, weil ihre Seitenränder mit Anmerkungen in violetter Tinte versehen waren. Besonders das sehr sorgfältig kommentierte *Wird sich die Menschheit je bessern?*. Ich war in einem Alter, in dem mir dieser Titel noch keineswegs ulkig vorkam. Lange folgte ich den hübschen *NB (notabene)* und *sic*, die der ehemalige Besitzer des Hauses, der Kaufmann Samojlow, auf den Seiten hinterlassen hatte, ein tapferer Autodidakt, den ich mir mit einer großen runden Brille auf der Nase und gerunzelter Stirn am Abend in seinem Arbeitszimmer sitzend vorstellte, mit dem Zeigefinger den Sätzen eines französischen Denkers nachspürend, der in Vergessenheit geraten war.

Mehr als die großen Klassiker und die Wechselfälle der Geschichte hat mich übrigens lange Zeit ein auf Französisch verfasstes Handbuch über die verschiedenen Verfahren des Schleifens von Klingen begeistert. Ich verbrachte Stunden mit dem Entziffern der darin erläuterten Methoden (ich erinnere mich: Graphitpulver gemischt mit Öl …), mit dem Versuch, die Replik eines Dolches herzustellen, der den hinreißenden Namen *Misericordia* trug. Das Handbuch machte sogar Angaben über seine Herkunft und seine Verwendung. Wenn ein zu Boden geworfener Ritter sich weigerte, aufzugeben, kam diese lange und schlanke Klinge zum Einsatz, »die wie der Stachel eines Skorpions ins Herz fuhr«.
Der Französischunterricht, den ich erhielt, hatte wirklich wenig mit Schulfranzösisch zu tun.

Jener Novemberabend war wie die anderen und doch ein ganz besonderer. Irgendwann habe ich Alexandra schließlich von dem Streit erzählt, den ich mit den anderen hatte, von ihrer Verhöhnung: »… deinen Vater … abgeknallt wie einen Hund …« Sie unterbrach ihre Flickarbeit, legte mein Hemd auf den Tisch und begann ganz selbstverständlich von meinen Eltern zu sprechen und eine Geschichte nachzuzeichnen, die ich in Bruchstücken bereits kannte: ihre Flucht, ihr neues Zuhause im Nordkaukasus, meine Geburt, ihr Tod …
In einem Roman hätte das Kind einem solchen Bericht mit leidvoller Aufmerksamkeit zugehört (wie viele häufig pathetische und rührselige Bücher, die von der Suche nach den familiären Ursprüngen handeln, sollte ich in der Folgezeit lesen!). Tatsächlich aber fiel ich in eine unerklärliche Empfindungslosigkeit, folgte Alexandra in einer Art dumpfer Resignation. Sie bemerkte es und begriff ohne

Zweifel, dass für mich wie für uns alle im Waisenhaus nicht die Tatsachen zählten (die bei allen Eltern mehr oder weniger ähnlich waren), sondern die schöne Legende von einem zu Unrecht verurteilten Offizier, der eines Tages die Tür zum Klassenzimmer aufstoßen würde. Sie setzte ihren Bericht trotzdem fort, denn sie wusste, dass sich das, was sie mir anvertraute, auch gegen meinen Willen in mein Gedächtnis eingraben und deshalb dem Vergessen entgehen würde.

Ich hörte zerstreut zu, warf ab und zu einen Blick auf die Seiten des aufgeschlagenen Buchs vor mir, auf den Satz, der mir lieber war als alle Tatsachen: »So starb für die drei Lilien ... einer der lautersten und schönsten Soldaten des alten Frankreich ...«

Die Schlägerei, nach der es mir unmöglich war, weiter von einem Heldenvater zu träumen, hatte noch eine andere Nachwirkung. Einige Tage später im Speisesaal fischte ein Schüler einen Knochen von seinem Teller und warf ihn quer über den Tisch in meine Richtung. Sein Ausruf: »Für die Hunde!« wurde vom lauten Gelächter der Tischrunde begleitet, doch unmittelbar darauf kehrte gespannte Stille ein, die Blicke senkten sich auf die Teller: Ein Erzieher stand in der Tür. »Was fällt dir ein, deine Abfälle herumzuwerfen!«, empörte er sich und zeigte mit dem Finger auf den Knochen, der neben meinem Teller lag. »Dein Abendessen ist gestrichen! Du wischst den Flur vor dem Lenin-Zimmer auf. Ich will dort kein Staubkorn finden!«

Bei meinem einsamen Geschäft im langen Flur, der zum »Lenin-Zimmer« führte (halb Museum, halb Schatzkammer, damit in jeder Schule des Landes des großen Mannes gedacht werden konnte), war ich beinahe glücklich. Es war jenes Glück, das dem Verschwinden der letzten Hoffnung folgt und uns lehrt, dass letztendlich alle Schmerzen zu ertragen sind. Die feuchten Dielen spiegelten die einzige Lampe wider, die am Ende des Flurs brannte. Meine Hände waren gefühllos vom Hin und Her des Scheuerlappens, aber mein Blick schien unter der dunklen und nassen Oberfläche die trügerische Tiefe einer geheimen Welt zu entdecken.

Nach getaner Arbeit schleppte ich den Eimer zu den Toiletten. Als ich mir die Hände wusch, entdeckte ich rund um den Wasserhahn braune Spritzer an der Wand. Es war mein getrocknetes Blut, Spuren von der Rauferei drei Tage zuvor. Dieses Nasenbluten und zugleich der zärtliche und schmerzliche Gedanke an die Frau, die ihre linke Brust massierte ... Ich spritzte Wasser auf die blutbefleckte Stelle und wischte sie schnell ab, als ob jemand ihr Geheimnis erraten könnte.

Ich blieb eine Zeit lang in der Rumpelkammer, in der die Putzfrauen ihre Besen abstellten und in die ich meinen Eimer zurückgebracht hatte. Der Ort gefiel mir: Kisten mit brauner Seife, die einen angenehm strengen Geruch verströmten, ein schmales, offenes Oberlicht, durch das man in die kalte Nacht sah, der Heizkörper, gegen den ich mich drückte und der durch den Stoff der Hose meine Knie wärmte ... Mein Lebensraum. Das wurde mir genau an jenem Abend klar: eine winzige Insel, wo die Welt nicht Wunde war. Außerhalb davon schmerzte alles. Zweifellos war es der Reflex, dieser Enge zu entkommen, der mich in Gedanken einen Ausweg, eine Verlängerung dieser friedvollen Minuten suchen ließ, ein Archipel von Glücksmomenten. Mir fiel ein, was ich zuletzt in Alexandras Haus gelesen hatte. Ich war auf ein unbekanntes Wort gestoßen, das »Watt«, und sie hatte mir auf Französisch erklärt, was es bedeutete. Ich hatte mir diesen von den Wellen freigelegten sandigen Küstenstreifen vorgestellt, und ohne jemals das Meer gesehen zu haben, hatte ich uneingeschränkt den Eindruck, dort zu sein und alles zu untersuchen, was der Ozean auf einem Strand zurücklassen kann, wenn er sich zurückzieht. Ich begriff dabei, dass dieses Watt, von dem ich nicht wusste, wie es auf Russisch hieß, auch zu meinem Leben gehörte, genauso wie die

vierte Etage eines baufälligen Hauses, in dem Madeleine Brohant lebte.
Wahrscheinlich habe ich an jenem Abend zum ersten Mal in aller Klarheit begriffen, was Alexandras Sprache mir schenkte …
Die Tür sprang auf. Der Eindringling sah aus, als wäre er hier zu Hause. Es war Kaff. Er musterte mich missmutig, aber nicht wütend, und murmelte: »Du hast also den ganzen Flur unter Wasser gesetzt. Ich bin zehn Meter auf dem Hintern gerutscht. Schlimmer als eine Schlittschuhbahn …« Er zog ein in Zeitungspapier gewickeltes Paket unter seinem Mantel hervor. Der frische Geruch nach Schnee, den er hereingebracht hatte, vermischte sich mit dem köstlichen Duft von Gebratenem, so dass mir das Wasser im Mund zusammenlief und ich mich daran erinnerte, dass ich seit Mittag nichts gegessen hatte. Kaff bemerkte meinen hungrigen Blick, und ein zufriedenes Lächeln trat auf sein Gesicht.
»Die Kotzbrocken haben dir also nichts zu futtern gegeben?«, fragte er, während er seinen kurzen Mantel abstreifte.
»Nein, nichts«, hustete ich, weil ich wieder schlucken musste. Ich staunte über seine Bezeichnung für die anderen.
»Na gut. Ihr Pech, wenn sie jeden Tag denselben Fraß haben, bei dem es einer Kakerlake hochkommt. Wir probieren jetzt mal das hier …«
Im Handumdrehen hatte er die Rumpelkammer in ein Speisezimmer verwandelt. Aus dem Deckel einer Kiste, den er auf einen Eimer legte, machte er einen Tisch. Zwei weitere Eimer wurden zu Stühlen umgedreht. Als er das Zeitungspapier auseinander faltete, kam ein großer gerösteter Fisch mit gebogenem Leib zum Vorschein, die

Flossen vom Feuer angesengt … Wir begannen zu essen. Kaff erzählte mir von seinen heimlichen Angeltouren, seinen Schlichen beim Verlassen des Waisenhauses. Hin und wieder lauschte er und setzte den Bericht dann etwas leiser fort … Am Ende unserer Mahlzeit ließen uns Schritte vor der Tür aufspringen. Die Stimme eines Aufsehers rief meinen Namen. Kaff stand auf, drückte mir einen Eimer in die Hand, öffnete die Tür und versteckte sich hinter ihr.

»Was tust du da?«, fragte der Mann, während seine Hand vergeblich an der Wand nach dem Lichtschalter tastete.

»Ich räume nur den Eimer weg, das ist alles«, antwortete ich mit einer solch bissigen Überzeugung, dass ich selbst darüber staunte.

Der Erzieher, der noch immer im Dunkeln stand, schnappte nach Luft, doch seine Vermutung schien ihm so an den Haaren herbeigezogen, dass er sich brummend zurückzog: »Gut, räum auf, und dann ab ins Bett.«

Hinter der Tür eingeklemmt, hob Kaff den Daumen: »Gut gemacht!«

Bevor wir uns bei den Schlafsälen im oberen Stockwerk trennten, sagte er in jenem gleichgültigen Tonfall, in dem man Dinge äußert, die tief im Inneren verborgen sind und auf den Lippen brennen, wenn sie plötzlich hochkommen: »Weißt du … meinen Vater haben sie … auch abgeknallt. Er wollte mit einem Kumpel zusammen abhauen … Aber der Wachposten hat sie entdeckt und mit dem MG erwischt. Ein Alter hat mir erzählt, dass sie die erschossenen Flüchtlinge in den Lagern drei Tage gut sichtbar vor den Baracken liegen lassen, damit die anderen wissen, was ihnen droht … Als meine Mutter davon erfuhr, hat sie zu trinken angefangen, und als sie tot war, sagte der Arzt, dass sie von innen aussah wie ausgebrannt. Kurz vor ihrem Tod hat sie ständig gesagt, er habe es getan, weil er mich wiedersehen wollte. Aber ich habe ihr das nicht abgenommen …«

Die nicht sehr gesprächige Freundschaft zwischen uns hat mich viel gelehrt. Der am meisten verachtete Paria des Waisenhauses, Kaff, war in Wirklichkeit der freieste von uns. Fast täglich sah man ihn den Mülldienst verrichten, aber wir wussten nicht, dass er sich freiwillig meldete und damit lange Auszeiten schindete, in denen er die Böschungen am Fluss erkundete und sich sogar bis zur Wolga vorwagte. Er war auch der Einzige, der die Tatsachen akzeptierte und nicht den Geist eines Offiziers beschwor, der eines Tages an die Tür zum Klassenzimmer klopfen würde. Tatsächlich fügte er sich nicht in diese konstruierte Wirklichkeit mit ihren Mythen, ihren gescheiterten Helden, ihren im Ofen des Heizraums verbrannten Büchern. Und während wir vor Beginn des Unterrichts Klasse für Klasse aufgereiht im Flur standen und, ohne zuzuhören, das Gebrüll auf uns niederprasseln ließen, das aus dem Lautsprecher tönte (»Die Partei Lenins, die Partei des Volkes, wird uns zum Sieg des Kommunismus führen!«), schlüpfte Kaff im Morgendunst, während die vom ersten Eis bedeckten Gewässer langsam erwachten, durch das Weidendickicht an den Böschungen. Das war die Wirklichkeit.

Ich sagte mir, dass mein »Watt« nicht so weit entfernt war von Kaffs Ausflügen im Morgennebel.

Das Land am Wattenmeer, der Zufluchtsort, von dem zu träumen mir noch möglich war, tat sich mir bruchstückhaft, ohne Folgerichtigkeit, in den Überresten von Samojlows Bibliothek auf. Dort legte ich eines Tages den Finger auf eine ausgerissene, angesengte Buchseite mit den ersten

Versen eines Gedichts, dessen Verfasser ich niemals ausfindig machen konnte:

In Nancy geht die Sonne auf,
Über Burgund sieht man sie stehn,
Dann zieht sie über uns in ihrem Lauf,
Um in der Gascogne unterzugehn.

Keine Geographiestunde vermittelte mir eine so räumliche Vorstellung vom Gebiet Frankreichs, jenem Land, das mir auf Landkarten immer zu klein vorkam, um Anspruch auf Zeitzonen erheben zu können. Der Dichter hatte seinem inneren Blick auf das geliebte Land Ausdruck verliehen, jenem körperlichen Heimatgefühl, durch das wir ein ganzes Land mit einem einzigen Blick erfassen können, durch das wir seine Klangfarben, die von einem Tal zum anderen unterschiedlich sind, und die landschaftlichen Veränderungen, die Einzigartigkeit seiner Städte und die mineralische Körnung ihrer Mauern erkennen können. Von Nancy bis zur Gascogne …

Ich hatte nicht das Gefühl, ein Ziel zu verfolgen, als ich die Buchruinen in dem vernagelten Zimmer erkundete. Die schlichte Neugier eines Menschen, der gern auf Dachböden stöbert, die Freude, auf ein Buch zu stoßen, das vom Brand verschont geblieben war, oder auf eine unbeschädigte Radierung, auf eine Notiz in altertümlicher Handschrift. Vor allen Dingen aber das Glück, mit lauter Schätzen im Arm herunterzukommen und die Fundstücke Alexandra zu zeigen. Doch kurze Zeit nach der Entdeckung des Vierzeilers auf der ausgerissenen Buchseite begriff ich, was mich dazu trieb, viele Stunden mit diesen beschädigten Büchern zu verbringen. Auf dem Boden einer Kiste, deren Holz unter meinen Fingern wie Sand zerfiel, fand ich eine *Geschichte der Niederlande*, deren Blätter von der Feuchtigkeit zusammenklebten, dann ein Buch auf Deutsch, das in wuchernden Frakturbuchstaben gedruckt war, und schließlich eine ihres Umschlags beraubte *Notice funèbre*. Ich erinnere mich nicht mehr, für wen sie bestimmt war. Der Schatten einer großen, erloschenen Linie ist, zu undeutlich allerdings, mit dieser Lektüre verbunden. Mir fallen dazu nur noch die Worte des vom Verfasser zitierten Königs Franz I. ein, die ich bis heute auswendig kann und die mit einer violetten Tinte unterstrichen waren, deren blassen Farbton ich wiedererkannte: »Wir sind vier Edelmänner aus der Guyenne, die auf dem Turnierplatz kämpfen und gegen jeden antreten, der nach Frankreich oder aus Frankreich kommt: ich, Sansac, Montalembert und la Châtaigneraie.« Ich stellte mir das Land vor, das ein liebevoller Blick umfasste, indem er dem Lauf der Sonne von Nancy bis zur Gascogne folgte, und wusste dann, dass es der Blick dieser vier Ritter war, die ihr Heimatland beobachteten, um es besser verteidigen zu können.

Ich suchte also in meinen Büchern das, was mir selbst fehlte. Die Verbundenheit mit einem Ort (der Ort meiner Geburt war zu ungenau angegeben), eine persönliche Mythologie, eine Familiengeschichte. Vor allem aber das, um was mich die anderen gebracht hatten: jene göttliche Freiheit, das Leben neu zu erfinden, es mit Helden zu bevölkern. Die vier Ritter aus der Guyenne waren für mich viel wirklicher als die Geister der schönen Offiziere, die in den Schlafsälen des Waisenhauses herumspukten.
Glaubte ich wirklich an diese berittenen Gestalten, die Frankreich bewachten? Ich meine, ja. Wie man an Edel-

mut, Mitleid und Selbstaufopferung glaubt, wenn man elf oder zwölf Jahre alt ist. Außerdem interessierte mich nicht so sehr der Wahrheitsgehalt dieses Bildes, sondern seine Schönheit. Eine Straße führt über einen Hügel, Staub dämpft das Hämmern der Hufe, die Blicke der vier Gefährten schweifen in die Ferne, langsam reiten sie einher, mal sehen sie zu den Bergen hinüber, die sich im Nebel auftürmen, mal zu dem Durchbruch, in dem der Ozean leuchtet. So malte ich sie mir aus, das war meine Art zu hoffen.

Schließlich hatte sich mir der geographische Raum dieses erträumten Landes fest eingeprägt, so wie sich die Gestalten der Sternbilder unserem Gedächtnis einprägen oder die Unebenheiten eines gewohnten Weges unseren Fußsohlen. Das wurde mir in der letzten Literaturstunde vor den Neujahrsferien klar. Es wurde kaum noch mitgearbeitet. Einige dösten vor sich hin, hypnotisiert vom Wogen der großen Schneeflocken vor dem Fenster, andere in den hinteren Bankreihen hatten Mühe, ihr Kichern zu unterdrücken, während sie unter den Tischen ein aufgeschlagenes Schulbuch weiterreichten. Manchmal donnerte die Stimme der Lehrerin dazwischen, eine große knochige Frau mit schwerem, vorstehendem Kinn: »Wollt ihr heute etwa nichts mehr zu essen bekommen?« Die Klasse erstarrte, sie fuhr fort, ein Gedicht von Lermontow zu zerpflücken, und das Schulbuch sorgte für erneute Lachanfälle. Als es bei mir ankam, konnte ich mir ein Lächeln nicht verkneifen. Das Gedicht (es war Napoleon gewidmet) war mit einem Bild illustriert, das den Kaiser kurz nach seiner Abdankung zeigte. Ein echter Fehlgriff, wenn man weiß, mit welcher Lust Schüler die Abbildungen berühmter Persönlichkeiten verunstalten. Napoleon saß niedergeschlagen da, mit zusammengesunkenem Körper, starrem Blick und weit gespreizten Beinen. Genau in den kaiserlichen Schritt hatte eine entweihende Hand einen riesigen Tubus samt Schamhaar und zwei übergroße Kugeln gezeichnet. Eine andere, unschuldigere Hand hatte sein Gesicht mit langen Wundnähten bedeckt und sein linkes Auge mit der Augenklappe eines Piraten versehen. Ich schmunzelte und dachte dabei, dass manche Personen in unseren Schulbüchern noch viel schändlichere Zugaben, muskulösere Fortsätze hinnehmen mussten ... In diesem Augenblick begann die Lehrerin das Gedicht laut vorzutragen.

Sie las es zugleich schlecht und gut. Schlecht, weil ihre Stimme eintönig war und sie offensichtlich mehr auf die Schläfrigkeit der einen und das kichernde Flüstern der anderen achtete. Und gut, weil ihre nichtssagende Stimme es ermöglichte, diese große, breitschultrige, kantige Frau und die Klasse zu vergessen und in das nächtliche Universum dieser Strophen einzutauchen, sich auf jene Insel irgendwo mitten im Ozean zu versetzen, neben den Grabstein, der sich einmal im Jahr am Geburtstag des Kaisers um Mitternacht öffnete. Der Tote steht auf und tritt auf die Brücke des fliegenden Holländers, der sich aufmacht in sein »geliebtes Frankreich, wo er Ruhm und Thron, seinen Sohn und Nachfolger und seine treue Garde zurückgelassen hat«. Mitten in der Nacht geht er an Land und weckt die menschenleere Küste mit einem mächtigen Ruf, der tief ins Landesinnere dringt. Doch das Vaterland bleibt stumm: »Die bärtigen Grenadiere schlafen in den Niederungen, durch die die Elbe fließt, unter dem Schnee im kalten Russland, im glühend heißen Sand der Pyramiden.« Er ruft also seine Marschälle: »Ney! Lannes! Murat ...!« Niemand kommt. »Die einen sind auf dem Schlachtfeld

gestorben, die anderen sind zu Verrätern geworden und haben ihr Schwert zu Geld gemacht.« Mit einem verzweifelten Aufschrei ruft er seinen Sohn, doch als Antwort vernimmt er nur die Grabesstille. Das Morgengrauen zwingt ihn, seinem Vaterland Lebewohl zu sagen. Er steigt auf das Schiff und der fliegende Holländer bringt ihn zurück zu seiner fernen Insel.
Nie zuvor hatte ich mich der Wirklichkeit gegenüber so frei gefühlt. Ich hätte am liebsten laut gelacht, so unbedeutend angesichts der Schönheit dieser nächtlichen Reise wurde die so genannte wirkliche Welt um mich: die mit Spruchbändern geschmückten Wände des Klassenzimmers, auf denen in roter Farbe Leninzitate und Parolen vom jüngsten Parteitag prangten, das Gebäude, in dem sich das Waisenhaus befand, die Schornsteine einer gigantischen Fabrik hinter dem gefrorenen Fluss. Der Mann auf der Brücke des fliegenden Holländers, diese Gestalt mit dem Zweispitz, hatte nichts mit jenem Bonaparte zu tun, von dessen Unternehmungen wir in unseren Geschichtsbüchern erfuhren, auch nichts mit jener »literarischen Figur«, die unsere Lehrerin interpretierte, oder mit dem kleinen Fettwanst und seinen gespreizten Beinen, den die Illustration im Schulbuch zeigte. Dass der Exilant an die bretonische Küste zurückgekehrt war und seine Marschälle zu sich gerufen hatte, war eine Ahnung des Dichters, eine dichterische Wirklichkeit, die mehr Wahrheit besaß als die Geschichte selbst. Sie war glaubhafter, denn sie war schön.

Ich wusste, dass der Reisende auf dem fliegenden Holländer aus demselben Land stammte wie die vier Edelleute aus der Guyenne, dass er wie sie von den Wäldern im Osten bis zu den Dünen am Ozean alles mit einem einzigen

Blick umfangen konnte. Als am Ende der Stunde die Klappen unserer alten Pulte zufielen, dachte ich, dass es in Gedanken vielleicht möglich wäre, dieses erträumte Land nie zu verlassen.

Gemäß der Logik meiner Selbstfindung als Heranwachsender hätte ich mich mehr und mehr in die Einsamkeit zurückziehen müssen, hätte immer herablassender und unwirscher werden, die Haltung eines jungen Königs im Exil annehmen müssen. Ein Wesen, zerrissen zwischen seinem französischen Traum und der Wirklichkeit. Eine romanhafte und romantische Logik. Es kam alles anders. Plötzlich wurden wir von der Wirklichkeit überrascht.
Zuerst war es nur ein Gerücht, so unwahrscheinlich, dass wir während der Neujahrsferien darüber sprachen wie über einen misslungenen Witz. Unsere Ferien glichen übrigens nicht denen von normalen Schülern. Man schickte uns die Gleise räumen, die durch Schneestürme häufig blockiert waren, und von Zeit zu Zeit, wenn ein Staatsbesuch stattfand, mussten wir auch das Ehrenspalier bilden. Die glorreiche Vergangenheit unserer Stadt zog Delegationen aus vielen Ländern an. Entlang der Wege zu den Kriegerdenkmälern präsentierten wir »die sowjetische Jugend im ewigen Gedenken an die Opfer des Krieges«. Besonders in den Ferien, wenn es schwierig war, normale Kinder für diese Aufmärsche zu mobilisieren, griff man gern auf uns zurück. Oder auch wenn es besonders kalt war und die Eltern es ablehnten, ihre Kinder Schneestürmen mit Temperaturen unter minus fünfundzwanzig Grad auszusetzen. Genauso kalt war es in jenem Dezember. Trotz der vorgeschriebenen Habtachtstellung tänzelte jeder von uns vor sich hin, die Sohlen der alten Schuhe bearbeiteten das Eis,

und um uns von innen warm zu halten, bis das Gefolge der Ehrengäste vorüber war, unterhielten wir uns über dieses blödsinnige Gerücht. Welcher Spaßvogel hatte es wohl in die Welt gesetzt?
Als die Schule wieder anfing, traf die Nachricht ein: Das Gerücht wurde bestätigt, zu Beginn des nächsten Schuljahrs sollte das Waisenhaus geschlossen werden.
In den Monaten darauf erfuhren wir die Einzelheiten: Die Schüler würden auf gewöhnliche Internate verteilt werden, die ältesten von uns würden in technische Einrichtungen und Fabriken kommen, vielleicht sogar in weit entfernte Städte. Wir glaubten es nicht wirklich, bis man uns im Juli, als das Schuljahr zu Ende ging, den Befehl gab, unsere alten Pulte in den Heizraum zu schleppen. Bis zu jenem Tag hatten wir noch Hoffnung gehabt, es handele sich um falschen Alarm. Trotzdem bereitete sich jeder auf seine Art auf den Abschied vor.
Das Waisenhaus, die kleine Ausgabe der Gefängnisse, in denen unsere Väter verschwunden waren, zeigte uns plötzlich, dass es mehr war, dass es uns so etwas wie Geborgenheit gab, eine Familie für uns darstellte. Zuvor hatten wir die anderen um ihre Freiheit beneidet, jetzt jagte sie uns Angst ein. Wir waren wie jene Gefangenen, die eine lange Haftstrafe absitzen, die Stunden zählen, sich aber zugleich vor der Entlassung fürchten, und die, kurz bevor das große Datum naht, ausbrechen und sich dabei erwischen lassen, damit sie erneut die Tage zählen können.
An unserem Alltag änderte sich augenscheinlich nichts. Am deutlichsten zu spüren war eine Art neue Solidarität, die sich von selbst ergab und die das alte Kastenwesen der Schwachen und Starken auflöste. Druck kam von nun an von außen, aus der feindlichen, unbekannten Welt außerhalb unserer Mauern.

Eines Samstagabends im Januar kletterte ich in das vernagelte Zimmer, wo ich mit dem Sichten der Bücher fast fertig war. Im Halbdunkel erwachten die Welten der Bücher, erklangen ihre Worte lautlos in meinen Ohren. Auf einer Kiste lag die Klinge des künftigen Dolchs *Misericordia* … Auf dem Treppenabsatz rief mich Alexandra. Ich warf einen letzten Blick um mich. Bald würde ich diese Bücher für lange Zeit verlassen müssen, vielleicht für immer, dachte ich. Deshalb musste ich versuchen, das Land mitzunehmen, das aus ihren Seiten in mir geboren war.

3

Dieser Winter war von einem Generationenwechsel gekennzeichnet, dem berühmten »Zwanzig Jahre danach«, das den Takt des gesellschaftlichen Wandels in den Völkern angibt, wenn es auch Historiker für zu ungenau erachten. Seit dem Kriegsende waren schon zwanzig Jahre vergangen. Eine neue Generation war herangewachsen und hatte selbst Kinder gezeugt. Ohne den Krieg zu erleben. Die engen Verbindungen zur Kriegsgeneration lockerten sich, die Last der Erinnerung wurde abgeschüttelt, die Toten erstarrten endgültig in Bronze. Genau in diesen Jahren legte man Wälder von Gedenkstätten an, um die Schlacht von Stalingrad zu würdigen. In unserer Stadt wurden riesige Ehrenmale aus Beton errichtet, zyklopische Statuen aufgestellt und »ewige Lichter« entzündet. Und man schloss unser Waisenhaus, denn man war zu der Auffassung gelangt, unsere gesellschaftliche Isolation habe lange genug gedauert, wir hätten für die Vergangenheit unserer Väter gebüßt, und es wäre jetzt ideologisch vernünftiger, wenn man uns gleichsam wie Splitter dieser Vergangenheit unter die normale Bevölkerung streute.
Die letzten Monate vor unserem Abschied waren gleichermaßen von Aufregung und Sorge erfüllt. Wir wussten, dass die Legende von den Heldenvätern den Menschen, unter denen wir künftig leben würden, nur ein müdes Lächeln entlockte. Wir würden nicht nur an einen fremden

Ort, sondern auch in eine andere Epoche kommen, wir lebten noch in der Zeit, in der sich die Statuen bewegten und sprachen, heiß waren vom Blut, das unter der Bronze floss. Wir mussten, das begriffen wir alle, die Zeit einholen, unseren Platz in der Wirklichkeit der anderen finden. Vergessen lernen.

Von diesen Monaten habe ich kleine Szenen, Blitzaufnahmen in Erinnerung behalten, die allem Anschein nach zufällig sind, ohne die ich jedoch bestimmt ein anderer geworden wäre. Insbesondere jenen Nachmittag im Januar, als wir wegen der klirrenden Kälte den Befehl, still zu stehen, missachteten und unsere Nasen und Lippen rieben, die taub geworden waren. Die Ehrengäste, auf die wir an einer großen Prachtstraße warten, haben sich verspätet. Alle hüpfen auf der Stelle, um nicht zur Eissäule zu erstarren: die Milizionäre, die in einigen Metern Abstand voneinander postiert sind, dahinter wir nebst anderen Vertretern der »Arbeitermassen«. Es geht das Gerücht um, dass wir diesmal eine besonders bedeutende Persönlichkeit begrüßen sollen, Breschnew höchstpersönlich, munkelt man. Unsere Neugier entzündet sich an dem Wunsch herauszufinden, in welchem Wagen des Zugs der hochrangige Gast sitzen wird. Im ersten nicht, da sind wir uns sicher, aber vielleicht im zweiten oder im dritten? Staatsgeheimnis. Wir haben das Gefühl, einen wichtigen Auftrag zu erfüllen. Doch der Zug ist noch immer nicht in Sicht. Unser Getrampel klingt wie Eiswürfel. Aus Trotz erzählt ein Schüler flüsternd einen Witz. Wir hauchen ihn uns gegenseitig zu, bekommen heiße Ohren: Auf Breschnew wird ein Anschlag verübt, der Schütze schießt daneben, wird festgenommen, verhört: »Was hat Sie beim Zielen behindert?« – »Die Menschenmenge. Jeder wollte als

Erster schießen.« Durch das Lachen tauen die Lippen auf. Die Milizionäre sehen sich nach uns um. Ein Aufseher erscheint, teilt rasch ein paar Ohrfeigen aus ... Der Zug rast schließlich so schnell an uns vorüber, dass es unmöglich ist, im schwarzen Strom der Limousinen die Fensterscheiben zu fixieren. Wir winken zu spät, grüßen die Motorräder, die den Zug beschließen. Ihre Helme sind eisüberzogen, ihre Gesichter hochrot ... Die Reihen der »Arbeitermassen« lösen sich auf und strömen auseinander, jeder hat es eilig, nach Hause zu kommen und etwas Warmes zu trinken. Doch unser Auftrag ist noch nicht erfüllt. Wir werden in Busse verfrachtet und zu einem brandneuen Denkmal gefahren, wo wir nach Art eines potemkinschen Dorfs aufgestellt werden, um noch einmal die Komödie des jubelnden Volks zu spielen. Auf dem Hügel ist der Wind aus der Steppe fürchterlich. Wir werden in einem kümmerlichen Karree postiert, sollen aber eine große Menschenmenge darstellen. Ohne dass die Erzieher uns dazu anhielten, haben wir aufgehört zu reden und herumzuzappeln. Sie begreifen offenbar selbst, wie absurd und unmenschlich die Warterei ist. Der Tag neigt sich – von den Ehrengästen keine Spur. Ein Unteroffizier tritt zu uns, flüstert einem Erzieher etwas ins Ohr. Ein trauriges Lächeln in unsere Richtung: »Rührt euch!«
Ich nutze den Augenblick, um zu entwischen. Alle sind müde, niemand wird uns abzählen. Auf der Rückseite des Hügels laufe ich hinunter Richtung Stadt. Ich suche keine Gründe für meine Flucht. Vielleicht laufe ich aus Verachtung für den hoch gestellten Besucher davon, der nicht zu kommen geruht. Vielleicht auch, weil ich mir vorstelle, wie gut es jetzt den anderen geht, die schon nach Hause zurückgekehrt sind und im Kreis ihrer Familie eine Tasse Tee trinken. Wahrscheinlich ist es dieser Gedanke, diese

Ahnung davon, was ein Zuhause, seine Wärme, seine Ruhe bedeutet. Ich gehe durch die Straßen, tue so, als wäre ich ein normaler Passant, betrete einen Laden, verweile dort kurz, mische mich unter eine Schar Wartender an einer Bushaltestelle. In der kindischen Hoffnung, dass sie mich in ihr Leben aufnehmen, mich zu ihresgleichen machen. Ein Schirm, ein dünnes Netz aus Glas trennt mich von diesen Menschen … Irgendwann lande ich in einer Kirche, nicht um zu beten, sondern um mich aufzuwärmen. In mir regt sich ein instinktiver Widerwille gegen alles, was mit Religion zusammenhängt. Ich mag diese alten Weiber nicht, die sich vor beweihräucherten Ikonen murmelnd bekreuzigen. Der Widerhall des Gewölbes ist grässlich, lässt einen erstarren. Und die Ikonostase erschlägt einen mit ihrem überbordenden Glanz. Selbst die Kerzenflammen können meine Finger nicht auftauen, sie brennen mich, sind entweder zu heiß oder gehen aus. Mir fällt ein, dass im Waisenhaus einmal ein Schüler aus der Reihe treten musste, um für sein schändliches Vergehen an den Pranger gestellt zu werden: Irgendeine alte, rückwärtsgewandte Tante hatte ihn heimlich in die Kirche geschleppt und taufen lassen! Wir verachteten den tränenüberströmten Rotschopf von ganzem Herzen. Eine wie diese, denke ich beim Anblick der gebückten Greisinnen. Die Stimme des Priesters klingt leicht jammernd, zittert vor Kälte. Ich kann seine Litanei kaum verstehen, er fordert zum Gebet auf, zum Gebet für uns alle, für unsere Verwandten, für unsere Bekannten, für die Toten … Ich schaffe es gerade noch, rechtzeitig zum Abendessen im Waisenhaus zurück zu sein. Ich kann niemandem erzählen, dass mein erster Versuch, unter den anderen zu leben, gescheitert ist.

Ich wäre wohl auch nicht der geworden, der ich bin, wenn ich nicht jene Nacht gegen Ende des Winters erlebt hätte. Oder vielmehr diese eine besondere Stunde, in der der Zugverkehr vor Alexandras Haus für kurze Zeit unterbrochen war. Tagsüber ertönte auf den Gleisen, die nur wenige Meter von der Hauswand aus Holz entfernt verliefen, die lärmende Symphonie der Güterzüge, die durch den Ort fuhren. Die Hausbewohner nahmen das ganze Hämmern, Krachen, Pfeifen, Quietschen, das An- und Abschwellen dieses Getöses gar nicht mehr wahr. Nur mit ihrem Gehör konnten sie einen erzbeladenen Güterzug aus dem Ural an seinem schweren Trommeln erkennen, den Schnellzug aus Nowosibirsk an der von ihm ausgelösten Druckwelle, die schwarzen Tankwaggons, die Erdöl aus dem Kaspischen Meer beförderten, an ihrem fortwährenden Klopfen … Erst gegen zwei Uhr nachts erstarb das Leben der Eisenbahn, herrschte für einen Moment Stille. Es gab eine kurze Pause zwischen den letzten Zügen und den allerersten, die den Rangierbahnhof in der Frühe wieder weckten. Manchmal wurde die nächtliche Ruhepause von schnell durchfahrenden Sonderzügen gestört. Es genügte, ein wenig den Hals zu recken, um von meinem Bett aus, das durch einen alten Wandschirm vom übrigen Zimmer abgetrennt war, die langen Flachwagen und die Abdeckplanen vorüberfahren zu sehen, deren Umrisse mir verrieten, ob es sich bei der Fracht um Panzer oder Geschütze handelte. Dann fielen mir die weltpolitischen Vorgänge ein, von denen uns unsere Lehrer erzählten. Die Waffen waren zweifellos für die Verteidiger Vietnams bestimmt, wo die Amerikaner das Land mit Napalm verbrannten, oder für die Kubaner, denen die Blockade zusetzte, oder für Afrikaner, die um ihre Unabhängigkeit kämpften. Das Argument schien mir richtig zu sein. Ich fand es wunderbar, von diesen geheimnisumwitterten Zügen geweckt zu werden.

In jener Nacht hatte ich die Durchfahrt des späten Güterzugs verschlafen. Als ich mich im Bett aufsetzte, glitt bereits der letzte Flachwagen unter unserem Fenster vorbei. Ich sah bloß noch die ungewöhnlichen Ausmaße des Transportguts: die Planen reichten über unser erstes Stockwerk hinaus. Raketen vielleicht, dachte ich im Halbschlaf, verharrte einen Augenblick und lauschte, wie sich der Lärm langsam entfernte. Die Nacht war eisig und nass, wie häufig nach dem Tauwetter im Februar. Im oberen Teil des Fensters, den der Reif nicht mit Eisblumen überzogen hatte, glänzte die Nacht so schwarz wie glimmernder Granitbruch. Zwischen zwei Eiszapfen, die von der Regenrinne herabhingen, trat ein Stern hervor, als ob er dort oben, in der Furcht erregenden Pracht des erwachten Himmels, von unserem Leben und diesem alten, gottverlassenen Holzhaus wüsste.

Die Gleise hörten auf zu vibrieren und verstummten, bald würde vollkommene Ruhe herrschen. Und in diesem Augenblick hörte ich ein kaum wahrnehmbares Murmeln, das noch die Stille störte, die sich über alles legte. Ich spitzte die Ohren und erkannte Alexandras Stimme, oder vielmehr einen Hauch von ihrer Stimme. Die Zimmerdecke war vom Widerschein ihrer Nachttischlampe leicht erhellt. Beschämt darüber, sie bei diesem Geflüster überrascht zu haben, wollte ich mich wieder hinlegen, als ich plötzlich glaubte, meinen Namen zu hören ... Vielleicht hat sie Herzbeschwerden und keine Kraft mehr, mich zu rufen, dachte ich. Beunruhigt, aber darauf bedacht, mich nicht zu verraten, zog ich den ausgeleierten Satin des Wandschirms ein wenig zur Seite ... In der Ecke des Zimmers, gegenüber von dem Schrank, der meine Nische begrenzte, sah ich eine alte Frau in ihrem bodenlangen Nachthemd auf dem Bett sitzen, die bedeckten Beine auf einem kleinen Bettvorleger. Zuerst erkannte ich sie nicht. Ihr weißes Haar hing offen bis auf ihre Schultern herab. Noch verwunderlicher war der tief gebeugte Kopf, die gegen die Stirn gepressten Finger. Ihre leise wispernde Stimme nannte wieder meinen Namen …

Ich dachte nichts, überlegte nichts. Ich erfasste die Situation mit einem Blick, ohne viel darüber nachzudenken: Eine betende Frau. Mit meinem ganzen Dasein spürte ich die endlose Dunkelheit und irgendwo darin unser Haus, den Abgrund der Nacht, die eisigen Weiten des Himmels und der Erde und ganz unten in dieser gähnenden Leere eine Frau, die dem Universum von mir erzählte.

Die Nachttischlampe erlosch. Ich lag im Bett, fand keinen Schlaf. Der Morgenlärm hatte bereits eingesetzt, als ich mich erinnerte, dass sie diese geheimen Sätze in ihrer Muttersprache gemurmelt hatte.

Als ich in den darauf folgenden Tagen Worte für das Geschehen in dieser Nacht fand, fiel mir die Litanei des Priesters ein, seine unruhige Stimme, die mir so missfallen hatte. Er rief immerzu zum Gebet auf, unter anderem sollte man für diejenigen beten, »für die niemand betet«. Diese sprachliche Wendung, die mir damals noch unverständlich war, schien nun auf schmerzliche Weise auf mich zuzutreffen. Da mir das religiöse Leben völlig fremd war, hielt ich das Gebet eher für ein Mittel, an einen Menschen zu denken, sich auszumalen, wie einsam und verlassen er unter diesem Himmel war, und in Gedanken bei ihm zu sein, auch wenn er nichts davon wusste, vor allem, wenn er von diesem Gebet nichts wusste …

»… für die niemand betet«. An einem verhangenen Morgen, der nur langsam aufklarte, half ich Kaff, seine Angelhaken einzuholen. Es hatte kein Fisch angebissen. Das kleine Feuer, das er entfacht hatte, war also zu nichts nütze. »Monate mit einem *r* sind nichts zum Angeln«, erklärte er scherzhaft. Es war Anfang März. Der Misserfolg schien ihn nicht weiter zu bekümmern. Er setzte sich auf den Rumpf eines alten Kahns, zog einen Brotkanten hervor, gab mir die Hälfte davon. Über dem Fluß, der noch unter einem weißen Eispanzer lag, lichteten sich die Wolken. Er aß, dann saß er reglos und schweigend da und blickte in die Ferne zum anderen Ufer. Ich sah ihm aufmerksam, fast schon eindringlich zu. … für die niemand betet, dachte ich erneut.
»Was ist, willst du sie besuchen?«, fragte er plötzlich, ohne sich zu mir umzudrehen.
»Wen?«, fragte ich überrascht.
»Tu nicht so doof, du weißt schon: die Krankenschwester!«
»Warum sollte ich …?«
»Stell dich nicht so an …«
Er verstummte, sein Blick verlor sich von neuem im Gestrüpp der Böschungen. Fieberhaft versuchte ich herauszufinden, wodurch ich mich bei unseren Gesprächen verraten haben könnte. Durch alles und nichts … Durch jedes Wort, jede Geste.
»Gib mir mal deine Hand«, befahl er mir plötzlich fast grob und stand auf. Ich streckte meine rechte Hand aus, er stieß sie zurück, ergriff die linke, und bevor ich reagieren konnte, ritzte er mir mit einem Eissplitter, wie ich meinte, die Handfläche ein. Nein, es war eine angefeilte Fünf-Kopeken-Münze, scharf wie eine Rasierklinge. Der Schnitt war nicht tief, er glänzte und begann zu bluten.

»Du sagst ihr, es sei wieder an der verdammten rostigen Mülltonne passiert …«
Ich war unentschlossen, schaute mal zu ihm, mal auf die Blutspur.
»Geh schon«, sagte er leise, kein bisschen grob mehr, und sein Lächeln drückte eine solche Herzensgüte aus, wie ich sie nie bei jemandem im Waisenhaus gesehen hatte.

Im Krankenzimmer fiel ich für kurze Zeit in jenen hypnotisierten Zustand, den die Frau mit ihrer Langsamkeit auf alles übertrug, was sie umgab. Ein Zustand der Glückseligkeit für mich, eine Mischung aus mütterlicher Sanftheit und verliebter Zärtlichkeit.

Von Samojlows Bibliothek befanden sich jetzt nur noch solche Bücher in dem zugenagelten Zimmer, die der Brand völlig ruiniert hatte. Mit Asche an den Händen versuchte ich ganz vorsichtig, weil sie so leicht zerfielen, ihnen Leben einzuhauchen. Oft war es nicht mehr möglich, sie zu lesen. Kaum dass ich eine vom Feuer versengte Seite aufgeschlagen hatte, zerbröselte sie unter meinen Fingern und nahm den Inhalt auf Nimmerwiedersehen mit. Auf diese Weise verlor ich ein kurzes Gedicht, bevor ich es ein zweites Mal lesen konnte. Sein Inhalt stimmte auf eigenartige Weise mit dem fragilen Zustand überein, in dem diese einmalige Lektüre stattfand. Ich kannte den Verfasser nicht, sicher gehörte er zu den unbekannten Dichtern im Umfeld der Romantik. Samojlows Bibliothek war die Sammlung eines Bekehrten, der alles verschlang und auf alles Appetit hatte. Sie umfasste viele Namen, die man in den maßgeblichen Anthologien vergeblich suchen würde, und hätte eine eigenwillige Literaturgeschichte abgegeben, die beinahe parallel zu jener

verlief, die man lehrt und in Ehren hält, dachte ich Jahre später.
Das Gedicht trug den Titel »Das letzte Karree«, wahrscheinlich in Anlehnung an Victor Hugo und als Reaktion auf die kriegerischen Heldenepen zu Anfang des neunzehnten Jahrhunderts. Die Soldaten dieses Karrees fallen einer nach dem anderen beim Angriff des an Zahl und Ausrüstung überlegenen Feindes. Den Held bewegt nur eine Sorge, er fürchtet, seine Gefährten könnten verzagen. Trotzdem halten sie sich wacker, verengen das Karree, um die Lücken zu schließen, die die Gefallenen hinterlassen. Zum Schluss sind nur noch zwei übrig, der Held und sein Freund. Rücken an Rücken kämpfen sie aus Tapferkeit weiter, denn jeder der beiden fürchtet, den anderen allein zurückzulassen. Als zuletzt ein Schwert das Herz des Soldaten durchbohrt, wendet er sich um und sieht, dass an der Stelle seines Freundes ein Engel mit mächtigen, blutverschmierten Flügeln kämpft.
Die Seite zerbröselte in meinen Händen wie eine dünne Schieferplatte. Diese Auflösung verstärkte die metaphysische Wirkung der Worte. Wenige Verse blieben in meinem Gedächtnis so lebendig wie diese, die zu keinerlei Ruhm gelangten.

Ich erinnere mich auch an einen der letzten Abende (vielleicht sogar den letzten Abend), an dem ich mit Alexandra zusammen ein Buch las. Es war Ende März und wurde schon später dunkel, wir konnten Tee trinken und lesen, ohne Licht anzuzünden. Manchmal fuhr ein Zug vorbei, und seine hellen Abteile gaben Einblicke ins Leben der Reisenden: eine Frau, die ihren Liegeplatz mit einem Laken bezog, ein junger Mann, der mit den Händen seine Ohren abschirmte und mit der Stirn an der

Scheibe lehnte, als hoffte er, diejenigen zu sehen, die er gerade verlassen hatte … Alexandra hatte das Fenster geöffnet, die erwärmte Luft trug den angenehm bitteren Duft der letzten Schneehaufen und der aufgequollenen Baumrinde herein – ein Frühlingsversprechen. Ich dachte daran, während ich Alexandra beobachtete, die mit dem Anflug eines Lächelns auf den Lippen aus einem Buch vorlas. Zum ersten Mal überlegte ich, was eine Frau wohl empfinden mochte, wenn ein neuer Frühling nahte. Eine Frau ihres Alters. Oder spielte das Alter vielleicht gar keine Rolle?
Das Buch, aus dem sie vorlas, stammte aus der zerstörten Bibliothek und war eines aus jenem Stapel von Werken vergessener Autoren, in dem ich auch »Das letzte Karree« gefunden hatte. Es handelte sich um eine Sammlung kurzer Erzählungen, die einzig und allein aufgrund ihres gefälligen Aufbaus interessant waren, der den Fortgang der Geschichte über eine halbe Seite hinweg in der Schwebe ließ, bevor das Gute siegte. Eingelullt vom leicht voraussehbaren Ausgang der Geschichten, hörte ich zu, als plötzlich eine neue Erzählung, die kürzer war als die anderen, dieses Hin und Her des Erzählens unterbrach. Ein Mann verliebt sich leidenschaftlich in eine junge Frau, die ebenso schön wie grausam ist. Er erklärt ihr seine Liebe und eröffnet ihr sein Herz. »Nein, lieber Freund, dein Herz besitze ich bereits. Wenn du mir beweisen willst, dass du mich wirklich liebst, bringe mir das Herz deiner Mutter. Ja, ich will das Herz, das du ihrem Busen entreißt.« Der Verehrer eilt nach Hause, ersticht seine Mutter, schneidet ihr das Herz aus dem Leib. Hastig macht er sich auf den Weg zu seiner Angebeteten, stolpert unterwegs, stürzt, das Herz rutscht ihm aus den Händen und fällt in den Kies. Der Verliebte ächzt, steht auf, und plötzlich hört

er eine ängstliche Stimme, das Herz seiner Mutter: »Du hast dir doch nicht wehgetan, mein Junge?«
Ich kann mich nicht erinnern, wie ich aufgestanden und auf und davon gerannt bin. Ich weiß nur, dass ich nach einem totalen Filmriss in der vernagelten Kammer wieder zu Bewusstsein kam, dass ich folglich über den Treppenabsatz hinaus auf den alten Balken geklettert war, dass ich mich auf dem Balken die Hauswand entlanggehangelt und die Tür aufgestoßen hatte. Dann stand ich dort mit blutig gebissener Lippe, damit ich nicht losheulte, und sah zuerst gar nichts und schließlich diese Leere vor der Tür: Felder unter grauem, stumpfem Schnee, ein erloschener Himmel, Frühling. Eine ganz und gar vertraute und unkenntlich gewordene Welt. Alexandra rief mich nicht, ließ mich allein, wartete ruhig, bis ich wieder herunterkam. Sie sprach nie mehr über diese Geschichte.

Viele Jahre später wurde der Unterschied zwischen der Muttersprache und einer erworbenen Sprache ein Modethema. Häufig hörte ich, dass die tiefsten und zartesten – die unübersetzbarsten – Beziehungen zwischen den Menschen nur in der Muttersprache ausgedrückt werden könnten. Das erinnerte mich immer daran, dass ich die Mutterliebe auf Französisch entdeckt und empfunden hatte – in einem kleinen, unscheinbaren Buch mit versengten Seiten.

Von der Sonne in glutrotes Licht getaucht, trieben riesige Eisschollen den Fluss hinunter, krachten gegeneinander und zerschellten. An den Bruchstellen waren bis zu einem Meter dicke Kanten zu sehen. Gerade als wir über die Brücke gingen, prallte eine Eisscholle gegen einen Brückenpfeiler. Die Straße bebte unter unseren Füßen. Das Krachen des Aufpralls hallte. Wir stoben auseinander und stürzten zum Brückengeländer. Der Anblick war Schwindel erregend: flimmernde Lichtgarben, die unbändige Frische des vom Eis befreiten Wassers und die brachiale Gewalt der Eisbrocken, die sich an dem Brückenpfeiler auftürmten und stoßweise angehoben wurden. Am anderen Ufer, von uns aus wie dunkle Ameisen zu sehen, spielten Kinder und hüpften wie Flößer von einer Eisscholle zur anderen. Die weiße Eisdecke spaltete sich, das waghalsige Völkchen rettete sich auf die größte Scholle, und als diese ebenfalls auseinander brach, sprangen die einen schnell ans Ufer, andere hingegen, die besonders tollkühn waren, auf einen Eisblock, der so sehr schwankte, dass sie sich verrenken mussten, um das Gleichgewicht zu halten. Von der Höhe der Brücke aus wirkte dieses Spiel wie das Wechselspiel eines Kaleidoskops.

Auch unser Leben erinnerte in diesem Frühjahr an ein Kaleidoskop, aus dessen zerschmettertem Gehäuse immer mehr Glasstückchen und Spiegelscherben herausfielen.

Die Ereignisse zogen an uns vorüber, weniger, um uns die Zukunft zu weisen, als um unser Leben im Waisenhaus bis auf den letzten Traumsplitter zu verzehren.
Innerhalb weniger Wochen rissen mehrere von uns aus. Es waren echte Fluchten ohne Rückkehr, und eine endete, wie wir erfuhren, im Fernen Osten. Dann wurde kurz vor den Maifeiern ein Mädchen vom Direktor zu einem Krankenwagen gebracht, der vor dem Eingang parkte. Es war kaum zu fassen, aber diese magere vierzehnjährige Jugendliche mit dem unscheinbaren Gesicht wurde in Kürze Mutter. Seit letztem Herbst trug sie schon dieses andere Leben in sich und konnte es uns verheimlichen, während wir unsere Schulhefte beschmierten und Witze über Breschnew erzählten.

An einem der ersten Abende im Mai begriff ich, dass die Welt der anderen ihren Tribut von uns fordern würde. Ich lehnte an einem Tresen neben einer Bude, in der Bier ausgeschenkt wurde. Ich hatte kein Geld, doch solange mich die Bedienung nicht bemerkte, konnte ich den Gesprächen der Gäste zuhören. Es waren vor allem Männer, die hier ihre Männlichkeit bewiesen, bevor sie lustlos an den heimischen Herd zurückkehrten (hier lernte ich, dass das Familienleben eine freudlose Angelegenheit sein konnte), von Frauen redeten (es gab zwei Kategorien: die, die einen »reinlegten«, und die anderen) und die Ungerechtigkeit des Schicksals beklagten. Frauen verirrten sich selten in diese Männergesellschaft. An diesem Abend war es eine einzige, zwei Tische von mir entfernt. Ihr Begleiter sprach in solch verächtlichem Ton mit ihr, dass man bei jedem Wort meinte, er spucke ihr ins Gesicht. Irgendwann gab er ihr kurzerhand eine heftige Ohrfeige. Sie wandte das Gesicht um, und ich erkannte Muza, ein Mädchen aus dem

Waisenhaus, das drei Jahre älter war als ich. Vielleicht war sie kaukasischer oder tatarischer Abstammung, denn sie hatte ungewöhnlich ausgeprägte, feine Gesichtszüge, von einem Adel und einer Harmonie, die die Abstammung des Menschen vom Tier in Frage stellten. Keiner von den Schülern hatte je versucht, ihr den Hof zu machen. Sie war so schön, dass sie für uns zu einer anderen Art von Lebewesen gehörte, irgend etwas zwischen einem verschneiten Zweig und einer Sternschnuppe …

Es gab wenig Kundschaft, der Ausschank würde bald schließen. Deutlich verstand ich die Worte, die der Mann zwischen den Zähnen zischte: »Du wirst dorthin gehen, wo ich will, du dreckige kleine Hure. Ohne mich wüsstest du nicht, wohin mit deinem Arsch …« Muza schüttelte protestierend den Kopf, da kniff der Mann in aller Ruhe und mit einem gehässigen Grinsen ihre Unterlippe zusammen und bohrte seinen Finger in diesen verzerrten Mund. Er war doppelt so alt wie sie und sah in seinem beigefarbenen Anzug und wegen der Farbe seines schütteren Haars aus wie eine lange Zigarette, die Tabakbrösel verliert. Muza wollte sich losmachen, doch er kniff noch fester zu, so dass sie nichts mehr sagen konnte. Trotz des Fingers in ihrer hinteren Backe stieß sie in einem erbärmlich komischen Ton aus: »Ich weiß genau, wo ich hingehe. Und ich werde nicht auf der Straße schlafen …« Er grinste und ließ mit angewidertem Blick sein Opfer los: »Ja, klar doch, geh nur zurück in deinen Hühnerstall. Bald wird man euch alle rauswerfen …« Sie begann zu weinen, und ich war schockiert über diese Tränen, denn sie schluchzte wie eine erwachsene Frau, die das Leben schon verschlissen hat.

Die Bedienung klirrte mit einem halben Dutzend leerer Biergläser, die sie wie einen Fächer in der Hand hielt: »He, genug am Daumen gelutscht, oder ich rufe die Miliz. Die ist ganz in der Nähe. Mach, dass du fortkommst, bevor ich böse werde!«

Ich verzog mich und machte mir Vorwürfe, dass ich nicht eingegriffen hatte, empfand jene Scham, die jeder Mann zehn- oder zwanzigmal in seinem Leben empfindet. Dieses Erlebnis war für mich eines der schlimmsten.

Ich war nicht der Einzige, der Muza in Begleitung eines Mannes gesehen hatte, der aussah wie eine Zigarette. Einige Tage später behauptete ein Schüler, er habe die beiden in einem Kahn überrascht, der flussaufwärts vom Waisenhaus am Ufer festgemacht war. Trotz der übertriebenen Obszönität seines Berichts glaubte ich ihm, denn das Verhalten des beige gekleideten Mannes entsprach genau meinen eigenen Beobachtungen. Vor Aufregung stotternd berichtete der Schüler, der Mann habe mit aufgeknöpfter Hose und entblößtem Unterleib im Kahn gesessen und leise vor sich hin gepfiffen, und Muza soll vor ihm gekniet und mit dem Kopf an ihm geklebt haben … Nur ihr Haar habe verhindert, dass er mehr sah … Stolz spielte der berichtende Schüler die Szene nach, stellte den Mann dar, der pfeifend in die Wolken guckte, dann die Frau mit ihrem von der Anstrengung des Hin und Hers verzerrten Mund … Da brach Kaff, der sich sonst nie an unseren Unterhaltungen beteiligte, brüsk in unseren Zirkel ein und schlug wortlos zu. Der Erzähler schwankte und ruderte mit den Armen, stand mit blutigen Lippen auf, fluchte, schwieg aber, als er Kaffs Blick sah. Es war kein wütender, sondern ein trauriger Blick.

Auf die eine oder andere Art gaben wir alle Kaff Recht, sogar derjenige, der den Hieb abbekommen hatte.

An einem freien Tag im Mai sah ich die Krankenschwester wieder. Sie kam aus einem Laden, hielt in der einen Hand eine große Einkaufstüte. Die andere Hand hielt … zuerst dachte ich, ihren Zwillingsbruder. Es war ihr Ehemann, und er glich ihr so sehr, dass er eine komische männliche Kopie von ihr hätte sein können. Fast dieselbe mittlere Körpergröße. Denselben, eher rundlichen Leibesumfang. Blonde, wallende Locken, die noch mehr glänzten als bei ihr. Ich empfand weder Eifersucht noch Enttäuschung. Das Paar erinnerte an die kleinen Schweinchen aus Comic-Heften und konnte unmöglich mit der schweigsamen Frau in Verbindung gebracht werden, die meine Wunde verarztet hatte. Ich gab mir alle Mühe, an die Möglichkeit einer solchen Spaltung zu glauben. Wenigstens diese Traumscherbe aus dem zersprungenen Kaleidoskop unseres Lebens wollte ich mir bewahren.

Unter diesen schnell changierenden Bildern gab es auch jenes von den beiden jungen Mädchen und ihren Freunden, die an der Einmündung zu einer Allee miteinander schwatzten. Wir beobachteten sie von dem Lastwagen aus, der uns von einer Baustelle zurückbrachte. Der Fahrer hatte unter den Bäumen gehalten, um ein Päckchen Zigaretten zu kaufen. Einer der Jungen saß auf einem Fahrrad, der andere hielt seines am Lenker. Hinter der Umzäunung, die die Rüstleitern des LKW bildeten, spionierten wir ihre kleine Oase der Unbekümmertheit aus. Ihre Freizügigkeit fesselte uns. Sogar ihre Haut unterschied sich von der unseren. Nach ein paar Tagen in brütender Hitze schälten sich unsere Gesichter, und unser kurz geschorenes Haar war trocken und ausgeblichen. Die goldbraune Haut der Mädchen verwies auf eine geheimnisvolle Lebenswelt, wo man seinen Körper pflegte wie einen Besitz … Irgendwann strich der Junge auf dem Fahrrad seiner Freundin über die Wange, um eine dünne Haarsträhne, die ihr ins Gesicht gefallen war, hinters Ohr zu legen. Sie schien seine Geste nicht zu bemerken und setzte ihre Unterhaltung unbeeindruckt fort. Ich spürte, wie um mich herum plötzlich die Muskeln verkrampften wie im Kinosaal, wenn der Held in Gefahr gerät … Die Spannung in unserer zusammengedrängten Horde entlud sich in einer Schimpfkanonade. Gelächter, Anzüglichkeiten, Schläge gegen die Fahrerkabine und dann, wie auf Befehl, Stille. Die beiden Pärchen entfernten sich schleunigst zwischen den Alleebäumen. Dem Mädchen neben mir, das sich auf den Rand der Rüstleiter stützte, standen Tränen in den Augen.

Aus demselben zerbrochenen Kaleidoskop stieg auch diese Funkengarbe auf: Die Strolche aus der Stadt, die manchmal auftauchten, um sich mit uns anzulegen, waren mit kurzen zweischneidigen Messern, so genannten Finnendolchen, bewaffnet, und an jenem Abend, es war bereits dunkel geworden, sprühte ein kleiner, blaugrüner Funkenregen von einer Eisenstange, die von einer solchen Klinge getroffen wurde. Wir wussten damals noch nicht, dass diese Scharmützel ein Mittel der ortsansässigen Unterwelt waren, um uns auf die Probe zu stellen. Sie suchten ihren Nachwuchs unter unseresgleichen, Jugendlichen, die nichts zu verlieren hatten, die niemanden hatten, an dem sie hingen. Dank dieser Funken hat sich mir das breite, hässliche Gesicht eines Angreifers eingeprägt. Ich begegnete ihm einige Tage später in der Bahnhofsgegend. Er hielt gerade dem Mann in Beige ein Feuerzeug hin.

Von diesem Bahnhof fuhr ich immer ab, wenn ich Alexandra in ihrem Dorf besuchte. Seit den Maifeiern war ich nicht mehr bei ihr gewesen, und der Monat ging bereits zu Ende. Die Fahrgäste sprachen über einen Großbrand, der gerade ein Eisenbahndepot zerstört hatte, der warme Wind hatte den beißenden Geruch von verkohltem Harz … Ich traf Alexandra nicht in ihrer Wohnung an, ging wieder hinunter, drehte eine Runde um das Haus und sah sie in der Ferne neben den Gleisen stehen. Sie wandte mir den Rücken zu, doch ich erriet ihre Geste: Mit einer Hand beschirmte sie ihre Augen und betrachtete die Rauchwolken über den langen Gebäuden des Eisenbahndepots. Der Zugverkehr war unterbrochen, die Helme der Feuerwehrmänner glänzten zwischen den Gleisen, man hörte das Krachen einstürzender Balken, das Zischen des Spritzwassers. Ab und zu tauchte der Umriss der verdunkelten Sonne gespenstisch aus dem Rauch auf, der Tag erstarrte in den Kontrasten eines Schwarzweißnegativs. Dann gingen die lodernden Flammen und der erleuchtete Himmel in der vorübergehenden Dämmerung auf. Bei einem Prellbock blühten die Dolden eines Flieders zwischen den Gleisen, als gehörten sie in eine andere Welt.

Alexandras Gestalt verlor sich vor der hohen Rauchwand, vor dem Horizont der Steppen, in die die verlassenen Gleise führten. Ich betrachtete sie und meinte deutlicher denn je zu begreifen, wer sie war. Mir fiel wieder ein, was ihr alter Nachbar Jussuf, der Tatar, gesagt hatte: »Weißt du, Schura, ihr Russen …« Er hatte Recht, diese Frau auf den Gleisen, die starr in die Flammen blickte, war Russin. Die Zeit hatte alles in ihr ausgelöscht, was sie noch vom Leben in diesem Land hätte unterscheiden können, von seinen Kriegen, seinen Leiden, seinem Himmel. Sie ging

darin auf wie ein Grashalm in der endlosen Dünung der Steppe. Sie hatte sich eine ferne Heimat und eine fremde Sprache bewahrt, aber ihre eigentliche Heimat war dieses winzige Zimmer in einem alten Holzhaus, das zur Hälfte von Bomben zerstört worden war. Dieses Haus und die endlose Steppe darum. Der Ort, an dem sie für alle Zeit eingesperrt bleiben würde, Gefangene einer Epoche aus Krieg und Leiden. Ich merkte, dass ich am Rand dieser Vergangenheit entlangtaumelte und Gefahr lief, in ihren klaffenden Abgrund hineingezogen zu werden. Ich musste mich davon losmachen, fliehen.
Eine Feuerkugel, die einen Schweif von Asche hinter sich herzog, stieg über dem Depot auf. Erschrocken wich ich zurück, schaute besorgt nach Alexandra, die dort noch immer reglos verharrte. Mit großen Sprüngen über die Eisenbahnschwellen rannte ich auf und davon. Ich fürchtete, sie könnte sich umdrehen, mich rufen …
Im Zug dachte ich über die Sprache nach, die sie mir beigebracht hatte. In der Welt, die uns umgab, so viel wusste ich, konnte mit ihren Wörtern nichts bezeichnet werden. Muza fiel mir ein, ihre Schönheit, der Mann in Beige, der Bericht des Klassenkameraden, der ihnen nachspioniert hatte … In einem der letzten Gedichte, das ich unter den Überresten von Samojlows Bibliothek entdeckt hatte, war die Rede von einem Liebespaar, das auf »einer Wiese von tausend bunt schillernden Blumen« schäkerte. Plötzlich empfand ich fast Abscheu für diese affektierte Flut von Wörtern. Vor dem Fenster des Waggons erstreckte sich die Steppe in ihrer ganzen Einförmigkeit, trocken und rau und von der untergehenden Sonne in Blut getaucht.
Ich hatte eine tote Sprache gelernt.

Zurück im Waisenhaus stellte ich fest, dass Kaff fehlte. Er war nicht zum Abendessen gekommen. Ich traf ihn im Weidendickicht der Böschung an einer seiner Angelstellen. Es war ihm peinlich, dass ich ihn dabei überraschte, wie er ein Kinderspielzeug bastelte: ein kleines Floß aus Holzscheiten, die er mit Rindenstücken verbunden hatte. Um das Gesicht zu wahren, erklärte er mit einem Augenzwinkern: »Erst schwimmt es den Fluss hinunter, dann, hopp, in die Wolga und, wenn es kein Hecht verschluckt, direkt ins Kaspische Meer. Stell dir vor, eines Tages werden es die Perser aus dem Wasser fischen!« Mit einem Stockende holte er einige noch glimmende Holzstückchen aus dem Feuer, legte sie auf sein Floß und setzte es ins Wasser. Wir sahen den winzigen Lichtern lange nach, die im violetten Abendlicht davonschwammen.

Auf dem Fußweg zum Waisenhaus gestand er mir in leicht verlegenem Ton: »Weißt du was, den Kahn, wo dieses Schwein und Muza … also, den Kahn habe ich in den Grund gebohrt …«

Als ich zwanzig Jahre später zu schreiben begann, erwog ich, über diesen Abend mit Kaff eine Erzählung zu schreiben, die von den letzten vierundzwanzig Stunden im Leben eines jungen Mannes handeln sollte. Denn am nächsten Abend war er tot. Ein Thema, das seine Wirkung nicht verfehlen würde, dachte ich, die Quintessenz eines Lebens, ans Licht gebracht in der beruhigenden Banalität eines Abends im Mai. Ich habe diese Erzählung nie geschrieben, denn zweifellos ahnte ich, wie falsch ein solches Gedankenspiel war. Statt diese vierundzwanzig Stunden neu zu erfinden, um ihre Bedeutung herauszuarbeiten, musste ich das wenige festhalten, was ich darüber wusste, es ausdrücken, ohne der Versuchung des Philosophierens nachzugeben.

Am nächsten Abend (ein Sonntag) war wieder dieselbe Bande Halbstarker da, die uns auf die Probe stellen sollten. Diesmal wollten sie uns zum Trinken einladen. Offensichtlich suchten sie zwischen Peitsche und Zuckerbrot nach unserem Schwachpunkt. Wir sagten nicht nein, manche wollten unbedingt den Hartgesottenen spielen, andere, vielleicht alle, waren bereit, auf das geringste Freundschaftsversprechen einzugehen. Sie tranken mit und hatten den Streit wahrscheinlich nicht einmal geahnt, der um ein umgekipptes Glas, einen Fluch, eine Ohrfeige entbrannte. Oder war es im Gegenteil ein abgekartetes Spiel, um uns zu teilen in diejenigen, die das Zuckerbrot annahmen, und diejenigen, die ihm widerstanden?
Außer unseren angeschliffenen Fünf-Kopeken-Münzen besaßen wir keine Waffen, dazu kam eine Eisenstange, die wir einem der Halbstarken entrissen hatten, eine Glasscherbe … Ich wusste bereits, dass Keilereien nur in Filmen schön waren und dass diese Schlägerei den früheren gleichen würde: schwerfälliges Getrampel, Hiebe, die das Ziel verfehlten, kein Erbarmen mit denen, die hinfielen, rohe Freude, wenn einer Schwäche zeigte. Der Alkohol machte den Kampf noch hässlicher, wir dachten nur noch daran, unsere Haut zu retten. Einer von uns lag bereits am Boden, zusammengerollt wie ein Käfer, um seinen Kopf vor Schlägen zu schützen.
In einer kurzen Atempause, als ich meinen Gegner, der ebenso außer Atem war wie ich, mit einer Glasscherbe in Schach halten konnte, erblickte ich Kaff. Zweifellos von unserem Geschrei angelockt, kam er vom Fluss herauf. Ich sah ihn seine Angelleine wegwerfen, einen großen Kieselstein aufheben und uns zu Hilfe eilen. Wenige Minuten später sollte ich ihn wiedersehen (in der Zwischenzeit hatte ich ein abgebrochenes Stück Zahn ausgespuckt). Der

Angriff war unerklärlicherweise abgeflaut, und nachdem einer dem anderen durch einen Klaps auf den Rücken das Signal zum Rückzug gab, rannten die Halbstarken über das Brachland davon und überließen uns diesen unverhofften Sieg. Wir lachten, wischten uns das Blut ab, kommentierten die besten Schläge ... Plötzlich hörten wir diese Stimme. Kaff saß mit kraftlos herabhängenden Armen auf dem Boden, sein Blick war starr und, wie uns schien, überrascht. Er stöhnte nicht, aber aus seinem Mund kam feuchtes Gestammel wie von einem Säugling. Einer berührte seine Schulter. Kaff schwankte und fiel langsam nach hinten. Wir umringten ihn, knieten um ihn, dann tasteten wir unbeholfen und verlegen wegen seines starren Blicks seine Brust und seinen Kopf ab ... Die vielen Arme, die ihn festhielten, schienen verhindern zu wollen, dass er an einem glitschigen Ufer abrutschte. Einer hatte noch einen Witz auf Lager und sprach von einem Glas Wodka, doch da sahen wir schon einen dünnen Blutfaden unter seinem aufgeknöpften Hemd und das graue Schimmern einer Klinge – die eines »Finnendolchs« –, die am Heft abgebrochen war.
Wir waren wie die Wilden zum Waisenhaus gerannt, aber davon und von den Minuten danach habe ich nur unser verzweifeltes Hämmern gegen die Tür des Krankenzimmers in Erinnerung behalten: Wir hatten vergessen, dass Sonntag war.
In den folgenden Tagen verfolgte mich der Gedanke, ich müsste eine Geste, ein Andenken finden, um diesem Tod gerecht zu werden, doch ich fand nichts. Es sollte eine bezeichnende, würdevolle Geste sein. Doch alles, was sich zutrug, war auf schmerzhafte Weise bedeutungslos. Als wäre nichts geschehen, öffnete die Krankenschwester am Tag nach seinem Tod Punkt neun Uhr ihr Sprechzimmer.

Zwei Tage später wurde angeordnet, wir sollten unsere alten Schulbänke aus unseren Klassenzimmern hinaustragen, Kaffs Bank blieb unter all den mit Kritzeleien und Inschriften übersäten Tischen unbeachtet. Belanglos auch das fieberhafte Durchspielen der Möglichkeiten: »Wenn ich an jenem Tag doch nur meinen Dolch *Misericordia* mitgenommen hätte, vielleicht wäre dann …« Ich wusste trotzdem, dass die spitz zulaufende Klinge wie Glas zersprungen wäre, wenn eine Eisenstange sie getroffen hätte.

Ich konnte mich von diesem Schwall sinnloser Vorwürfe befreien, als ich mich eines Abends Anfang Juni an das kleine Floß erinnerte, das Kaff auf eine nächtliche Reise geschickt hatte. Plötzlich kam mir der Gedanke an dieses kleine Flussschiff mit seiner Ladung glimmender Späne ungeheuer wichtig vor, nicht zu vergessen die Vorstellung, dass es langsam Richtung Kaspisches Meer schwamm. Und der Glaube, dass es noch immer unterwegs war.

Beim Begräbnis rückte uns allen ins Bewusstsein, dass es niemanden gab, den man von Kaffs Tod hätte unterrichten müssen. Die Vorstellung war uns nicht neu, doch mit ihrem absoluten, kosmischen Ausmaß konfrontiert, schockierte sie uns: niemanden auf der ganzen Welt! Dann fielen mir die Worte des Priesters ein, die ich im Winter zuvor gehört hatte: »… jene, für die niemand betet«. Und ich dachte wieder an das kleine Floß, an das rote Leuchten der Glut, das in der Nacht unter dem riesigen Himmel über der Wolga davonschwamm.

4

Der Himmel weiß vor Hitze, die Steppe in ewiger Erstarrung, der Flügelschlag eines Vogels, der in dieser verdichteten Leere nicht von der Stelle kam – wie er mühten wir uns ab, ohne einen anderen Anhaltspunkt zu haben als die Weite der Ebene und den Horizont, der sich in der Schmelzmasse der überhitzten Luft verflüssigt hatte. Vor uns wühlte ein riesiger Schaufelradbagger die Erdkruste auf und zog eine endlose, schnurgerade Schneise. Staubbedeckt und taub vom Dröhnen der Maschine und vom Knirschen des zerschroteten Gesteins, schleppten wir lange Schalbretter aus Kiefernholz, mit denen die Bauarbeiter die Seitenwände des künftigen Bewässerungskanals befestigten. Wer war so verrückt zu hoffen, mit dieser vorübergehenden Verschalung die stetige Brandung der Unendlichkeit aufzuhalten? Unsere Erschöpfung am Abend ließ sich am Brummen einer Biene ermessen, die gegen die Wände der Baracke anflog: Keiner hatte mehr die Kraft, sie zu verjagen. Dazu hätte man ja aufstehen und über die Schlafenden klettern müssen, die an den Trennwänden zusammendrängt lagen, mit einem Hemd fuchteln und das Insekt zur Tür treiben müssen … Aber wir schliefen schon, und mit dem Summen begannen unsere Träume.
In dieser Lichtwüste unterzutauchen war das Beste, um zu vergessen, die beste Form von Trauer, das Beste, um die Trauer zu vergessen. Wir sprachen viel weniger miteinan-

der als in den Jahren zuvor, in denen uns diese sommerliche Zwangsarbeit noch wie ein verheißungsvolles Fegefeuer vorkam. Jetzt wussten wir, dass unsere Zukunft sich nicht so sehr von unserem täglichen Marsch hinter dieser Maschine, die die Erde aufschlitzte, unterscheiden würde, von der absurden, starrsinnigen Trassierung dieser Spalte, deren Wände unermüdlich verstärkt werden mussten. Eines Tages förderte der Bagger mit dem Erdaushub menschliche Überreste zutage, Schädel, Soldatenstiefel, Stahlhelme aus dem letzten Krieg. Ein andermal waren es sehr viel ältere Skelettreste, Helme von Rüstungen, rostige, braune Schwerter … Zwischen diesen Soldaten lag vielleicht ein Jahrtausend. Tausend Jahre Schlaf. Zehn Jahrhunderte nichts. Als sich die Maschine am nächsten Tag von den aufgewühlten Gräbern entfernte, trafen Archäologen ein. Eine Hand voll dunkler Punkte irgendwo in der sonnendurchfluteten Weite der Ebene.

Wie schon in den Sommern zuvor gab es manchmal Unterbrechungen: Man steckte uns in weiße Hemden und saubere Hosen und brachte uns als Komparsen zu großen Esplanaden, wo bedeutende Besucher Reden vor Gedenksteinen und Obelisken aus Beton hielten. So genossen wir einmal das Privileg, wie immer von weitem, den nordkoreanischen Staatschef zu sehen. Er las seine lange Rede von einem Stoß Blätter ab, die der warme Wind, der an jenem Tag sehr heftig wehte, ihm ständig zu entreißen drohte. Der schmächtige, leicht gebeugte Mann kämpfte mit den flatternden Blättern wie ein Matrose, der ein Segel nicht bändigen kann … Wir sahen auch einen Staatsmann aus Afrika, der sich entschlossen hatte, seine Rede auf Russisch zu halten, und der sehr langsam sprach, die Silben auseinander zog und sich in der Betonung irrte. Die grünlich weiße Spitze des Ehrenmals ragte in einen tief hängenden, dunklen Sturmhimmel. Das träge Grollen des Donners hinter dem Fluss klang wie ein ersticktes Lachen, ein Lachen, das man nicht ganz unterdrücken konnte. Aber wir zuckten nicht mit der Wimper: Die Fotografen brauchten unsere reglosen Reihen und unsere starr in eine Richtung blickenden Gesichter ... Wenn ich viele Jahre später alte Klassenkameraden wieder traf, bedauerten wir oft, dass wir den Staatsgästen so wenig Beachtung schenkten. Im Laufe der Jahre hätten wir ihnen auf der politischen Bühne oder in den Geschichtsbüchern wieder begegnen können. Doch damals warteten wir nur auf den Augenblick, an dem unsere Geduld mit einem Bad in der Wolga belohnt wurde. In diesem Sommer allerdings riefen selbst diese Bäder nicht mehr die jubelnde Begeisterung von einst hervor.

Die Glasscheibe des schmalen Oberlichts in unserer Baracke hatte einen Sprung, und jeden Abend vor dem Einschlafen sahen wir ein hübsches Sonnenspektrum an jener Stelle: Für einige Minuten fächerte sich in unserer engen Unterkunft plötzlich ein langer Pfauenschwanz auf und streifte die Nägel, an denen unsere verdreckten Kleider hingen. Eines Abends blieb dieser Regenbogen aus. Es war Ende Juni geworden, der Einfallswinkel der Sonnenstrahlen hatte sich geändert. Niemand sprach darüber, aber ich sah meine Mitschüler immer wieder nach unserer »Garderobe« schielen, wo es dunkel blieb. Die Zeit war uns abhanden gekommen – ein heilsames Vergessen, das die Steppe uns bot, aber jetzt erinnerten wir uns plötzlich daran, dass es unser letzter gemeinsamer Sommer sein würde.

Am nächsten Morgen entdeckten wir unmittelbar neben dem Kanalbett ein Holzkreuz. An einem Arm hing ein

Soldatenhelm. Betroffen von seiner Anonymität und Einsamkeit mitten in der gewaltigen Steppe, die von der Sonne in ein grelles Licht getaucht wurde, umringten wir dieses Grab. Wir waren an Ehrungen der Toten in Form von Betonbergen, goldenen Lettern, in Stein gehauenen Helden gewöhnt. Hier hingegen zeugten nur zwei Birkenäste mit rissiger Rinde von einem Grabhügel, den der Wind schon vor langer Zeit abgetragen hatte. Seltsamerweise flößte dieses Grab keinerlei Furcht ein, lud nicht zum Gedenken an ein Leid ein. Das Kreuz strahlte sogar etwas von Unbeschwertheit, Leichtigkeit, fast Sorglosigkeit aus. Dass es sich gerade hier befand (warum hier und nicht dreihundert Kilometer weiter nördlich oder südlich?), dass es zufällig an dieser Stelle stand, schien ein Hinweis darauf zu sein, dass sich das Wesentliche woanders ereignet hatte, nicht auf diesem rechteckigen Fleck Erde …
Von der anderen Seite des Kanals rief uns ein Aufseher: »Beeilt euch, wir fahren zu einer Feier!« Es war die übliche Formulierung für unsere Komparserie.

Diesmal fing es schlecht an. Wir benötigten fünf Stunden, um das Ehrenmal zu erreichen. Dann hieß es warten, eingesperrt in unserem Bus auf dem Randstreifen der Straße, verkleidet als ordentliche, tapfere Pioniere mit roten Halstüchern. Offenbar wusste man nicht so recht, ob wir gebraucht würden oder nicht. Früher hätten wir einen Aufstand gemacht, hätten Brot gefordert, eine unter uns grassierende akute Durchfallerkrankung simuliert. An diesem Tag blieb jeder für sich mit seinen Gedanken, manche versuchten zu schlafen, andere flüchteten sich in die Erinnerung an einen schönen Tag, ein Lächeln. Die Aufseher schienen nervöser zu sein als sonst. Dabei han-

delte es sich den Gerüchten nach nur um den Besuch eines Generals. Wir hatten schon für Feldmarschälle und sogar für einen Kosmonauten salutiert …
Mit einem Mal erklomm ein ganz in Schwarz gekleideter Funktionär das Trittbrett des Busses und stieß flüsternd hervor: »Los! Los! Steigt aus, sie kommen. Schnell in Reih und Glied!« Er war ganz rot, von Panik erfasst.
Im Laufschritt führte man uns zu einem großen Gelände auf einem Hügel, das bereits von mehreren Abordnungen junger Pioniere eingerahmt wurde. Eine Ecke dieser lebenden Begrenzung war noch leer, man schloss die Reihen mit unserer Schar. Als wir aufgestellt waren, warf ich einen Blick hinter uns: In einiger Entfernung stand eine Bauruine mit gähnend leeren Fensteröffnungen. Deshalb waren wir also hier, der Besucher sollte nicht sehen … Aus Erfahrung wussten wir, dass es jetzt darum ging, sich so schnell wie möglich in einen Zustand der Empfindungslosigkeit zu versetzen, um gegen die stechende Sonne, den Durst und die aberwitzig lange Dauer der Feier gewappnet zu sein. Man konzentrierte sich auf eine bestimmte Wolke, deren Form langsam, ganz langsam zerfloss …

Als plötzlich die Muskeln der umstehenden Mitschüler verkrampften, schreckte ich aus meiner Versenkung auf. Durch das Zusammenleben in der Gemeinschaft waren unsere Reflexe synchronisiert. Ich blickte auf, beobachtete den freien Platz. Eine Abordnung von Funktionären, offenbar die Führungskader der Stadt, hatte sich bereis postiert und wandte sich dem anderen Ende der Esplanade zu, wo der Rahmen der weißen Hemden durchbrochen war und einen breiten Zugang offen ließ. Die Blicke meiner Mitschüler richteten sich auf diese Öffnung. Eine recht umfangreiche Gruppe kam langsam näher, wie es

bei dieser Art von Feier stets der Fall war. Ich konnte nichts Außergewöhnliches an der Prozession entdecken.
Plötzlich sah ich den Unterschied.

Mein erster Eindruck war am unwahrscheinlichsten und traf dennoch zu: »Die Liliputaner führen den gefangenen Gulliver herein ...« Der General in der Mitte der Gruppe überragte die anderen mindestens um einen Kopf. Oder vielmehr sah man seinen Kopf und seine Schultern über dem Hin und Her der Gesichter, die ihn umringten. Ich suchte nach den glänzenden Tressen eines Generals, nach der Schirmmütze mit den Abzeichen, wie ich es von den Uniformen der Generäle unserer Armee kannte. Doch der Riese, der vom ersten Augenblick an im Zentrum der Feier stand, trug einen dunklen Anzug ohne Hinweis auf seinen militärischen Rang. Lediglich in seinem Gang, der etwas zackigen Art, die Füße auf den Boden zu setzen, und in seiner strammen Körperhaltung lag vielleicht etwas Soldatisches. Je näher er kam, desto deutlicher wurde im übrigen, dass er nicht wegen seiner außergewöhnlichen Größe im Zentrum stand, sondern aufgrund seiner Art, den Raum in seiner unmittelbaren Umgebung zu formen.

Schon konnte ich sein Gesicht sehen, dessen Ausdruck weise und ernüchtert war wie bei einem alten Elefanten, dazu seinen Blick, der unter dem langsamen Lidschlag von überraschender Lebendigkeit war. Dicht neben mir hörte ich plötzlich jemanden bewundernd und voller Hochachtung flüstern: »Hast du seine Nase gesehen?« Dieses erhabene Relief war natürlich faszinierend in unserer Steppenlandschaft, wo flache, asiatische Gesichter überwogen. Das begeisterte Flüstern wollte tatsächlich jedoch etwas anderes ausdrücken: Wenn ein solcher Mann hier erschien, würde man zweifellos ein besonderes Glanzlicht setzen.

Wir brauchten nicht lange zu warten. Aus dem Empfangskomitee der Stadt löste sich ein Mann, der aussah wie ein gewöhnlicher Kolchoseleiter, und marschierte auf den alten Riesen zu, der mit seinem Gefolge in der Mitte des Geländes stehen geblieben war. Obwohl wir strammstanden, hörte ich die Wirbel knacken: Wir reckten alle die Hälse, um das unglaubliche Schauspiel zu sehen: Der Mann, der einem Kolchoseleiter ähnelte, schleppte einen riesigen Stör an seinen Kiemen herbei. Eigentlich sah es aus, als tanzte er mit diesem gewaltigen Fisch, dessen Maul an sein Gesicht heranreichte und dessen Schwanz sich beinahe um seine Wade wickelte. Das schwere Tier zwang den Mann zu einer steifen Rückenlage, so dass er nur ruckartig gehen konnte, als ob er Wiegeschritte in einem seltsamen Tango machte. Alle hielten den Atem an.
Kurz bevor er den Riesen erreicht hatte, kam es zu einer optischen Täuschung. Der Stör schien zu schrumpfen, an Länge und Gewicht zu verlieren. Als sich das Geschenk schließlich in den Händen des Gasts befand, wirkte der silbrige Fischleib fast mager. Er wurde scheinbar mühelos hochgehoben und den Zuschauern wie eine schöne Jagdtrophäe gezeigt. Man klatschte dem Kraftbeweis des lächelnden Riesen Beifall. Dann ging ein Parteiführer aus Moskau ans Mikrophon und begann mit starrem Blick auf das getippte Manuskript seine Rede.
Ich interessierte mich weder für den Redner noch für die Parteifunktionäre. Ich hatte soeben an das Geheimnis des großen alten Mannes gerührt. Denn nachdem er den Fisch einem Adjutanten übergeben hatte, nutzte er die Ovationen, langte mit der Geschicklichkeit eines Taschenspielers mit der rechten Hand in die Tasche seines Jacketts, holte ein Taschentuch hervor und wischte sich die

von der Berührung zweifellos klebrigen Fingerspitzen ab, während er zugleich mit einem Kopfnicken den Worten seiner Begleiter zustimmte, ohne ihnen zuzuhören. Ich war möglicherweise der Einzige, dem die Geste aufgefallen war, und diese Einzelheit gab mir das Gefühl, sein Geheimnis, seine Einsamkeit zu erkennen. Er wurde umringt, gefeiert, machte zu allen protokollarischen Gepflogenheiten gute Miene, nahm sogar dieses klebrige Monster als Geschenk an und wusste instinktiv, wie viele Sekunden er den Fisch hochhalten musste, bevor er ihn einem Adjutanten übergeben konnte. Nichts entging ihm. Und dennoch stand er abseits in einer großen, nachdenklichen Einsamkeit.

Jetzt hörte er der Rede zu, lieh dem Übersetzer sein Ohr, der gezwungen war, sich auf die Zehenspitzen zu stellen. Je schwülstiger der Redner wurde, desto abwesender schien sein Blick. Ab und zu leuchteten seine Augen unter den schweren Lidern auf und zielten wie Leuchtspurgeschosse auf die Versammlung der Funktionäre, richteten sich auf die Reihen der Pioniere in den weißen Hemden oder nahmen den Redner ins Visier. Einen Augenblick sah er auch zu unserer Formation herüber, er zog die Augenbrauen unmerklich in die Höhe, als hätte er eine Vermutung, die er gern bestätigt haben würde. Doch schon faltete der Redner unter dem braven Applaus der Zuschauer sein Manuskript zusammen. Nun war der Riese an der Reihe: Mit gemessenem Schritt und gesenktem Kopf, dem Ausdruck seiner Konzentration, ging er zum Mikrophon. Ein Techniker beeilte sich, es höher zu stellen. Der Gast zückte kein Manuskript und rief damit eine ängstliche Unruhe bei den Parteifunktionären hervor: Reden aus dem Stegreif galten per se als subversiv.

Er begann zu sprechen. Und ich war mir sicher, dass ich der Einzige war, der seine Sprache verstand. Es war jene Sprache, die ich für tot gehalten hatte. Französisch.

Der Eindruck, sein einziger Zuhörer zu sein, war alles in allem nicht falsch. Die Parteiführer waren nicht in der Lage, einer Rede zu folgen, die ihnen nicht schriftlich vorlag. Die Begleiter des Riesen meinten im Voraus zu wissen, was er sagen würde. Die jungen Statisten mit den roten Halstüchern lauschten der klangvollen und eindringlichen Satzmelodie, die manchmal sogar etwas lautstark anschwoll, aber sie verstanden nichts von dem, was er sagte. Die Übersetzer richteten ihr Augenmerk auf die Syntax.
Er sagte, was man bei solchen Feiern üblicherweise sagt im bedrückenden Schatten eines Ehrenmals aus Beton, das auf einem Boden voller Stahl und sterblicher Überreste von Soldaten errichtet war. In sein Geheimnis eingeweiht, glaubte ich jedoch, in der weit ausschwingenden Kadenz seiner Rede eine leise Begleitstimme zu hören. Er sprach von den zahllosen Helden, doch die verborgene Stimme gedachte nicht der Tausenden ohne Namen und Gesicht, sondern des einen Soldaten, der sein Grab vielleicht unter unseren Füßen gefunden hatte. Er erinnerte an die Dankbarkeit der Völker, aber mit merklicher Bitterkeit, die ahnen ließ, dass er wusste, wie undankbar sich ein Volk denjenigen gegenüber zeigen kann, die ihr Leben gegeben haben …
Irgendwann kam für kurze Zeit Unruhe unter seinen Begleitern auf. Ein Flüstern von Mund zu Ohr, ein verstohlener Blick auf die Armbanduhr … Die Diplomaten hatten offenbar bemerkt, dass der zeitliche Rahmen des Besuchsprogramms überschritten wurde. Als erprobter Redner überging der Riese diese Störung, wandte nur den

Kopf ein wenig zu seinen Begleitern und wölbte eine Augenbraue, als wollte er sagen: »Ruhe im Glied!« Der Anblick dieser Menschen in ihren eleganten Anzügen ärgerte ihn. Am Rhythmus seiner Sätze änderte das nichts. Aber ich meinte, die leise Begleitstimme plötzlich noch besser von seinen Lippen ablesen zu können: »Schaut euch diese Bürokraten an! Sie zählen schon die Minuten bis zum Essen. Aber wissen sie auch, wie lange eine Kompanie benötigte, um diesen Hügel zu erobern? Und wie viele Männer in die Gräben mussten, um ihn zu halten? Wisst ihr, wie viele Ewigkeiten jede Sekunde dauert, wenn man vom Boden aufspringt und im Geschützfeuer vorwärts stürmt?«
Plötzlich hielt er inne. Irgend jemand glaubte, die Rede sei zu Ende. Einige Hände begannen zögerlich zu klatschen. Dann erstarrten alle und hefteten den Blick auf den Mann in der Mitte des Geländes. Reglos stand er da wie eine aufgerichtete Stele, unberührt vom menschlichen Treiben. In dieser Stille, die uns vorkam, als wäre sie vom Himmel gefallen, hörte man das Brausen des warmen Windes, der über die Steppe fegte.
Für einen kurzen Moment blickte der alte Riese über unsere Köpfe und die Bauruine, die man vor ihm hatte verbergen wollen, hinweg in die unendliche Einsamkeit der Steppe jenseits der Wolga. Ich glaubte, dass er sogar das Birkenkreuz auf dem Grab eines unbekannten Soldaten sah.
Diese Schweigeminute (sie dauerte in Wirklichkeit sechs oder sieben Sekunden) war höchstwahrscheinlich nicht geplant, aber sie veränderte die Bedeutung der Feier. Der Riese erwachte, und mit einem Schlussakkord, der noch rauer war als die Rede zuvor, sprach er vom Sieg, von Ehre und Vaterland. Er hob seine Arme, und unsere Herzen folgten seiner Geste. Vielleicht zum ersten Mal bei einer solchen Feier gab es aufrichtigen Applaus.

Die Funktionäre umringten ihn sogleich, bildeten wieder ihre Liliputanereskorte und schickten sich an, ihn vom Hügel hinunterzugeleiten. Doch mit seiner Fähigkeit, die Umgebung seinem Willen zu unterwerfen, durchbrach er ihre Umzingelung und marschierte mit großen Schritten die Reihen der Jugendlichen entlang. Er musterte die Ränge. Die Komparsen in den weißen Hemden lächelten ihm zu, winkten mit den Nelken, die sie zu diesem Anlass bekommen hatten. Der Riese ging an ihnen vorüber, betrachtete sie mit einem Anflug von Enttäuschung. Vor unserem Karree blieb er stehen. Wir hatten keine Blumen und wir lächelten nicht, sondern standen weiter stramm. Ich weiß nicht, ob er begriff, wer wir waren, was unsere sich schälenden Gesichter, unsere kahlen Köpfe, der geringe Unterschied zwischen Mädchen und Jungen bedeuteten. Ich denke, er begriff es. Auf alle Fälle verstand er wohl, dass wir aus einer anderen Epoche kamen, aus einer Epoche, die man unter dem Beton dieser Gedenkstätte begraben wollte. Einer Epoche, die ihm am Herzen lag. Er schaute uns an, nickte und schlug dabei die Augen nieder, als wollte er uns sagen: »Kopf hoch!« Dann sahen wir ihn weggehen. Nicht mit seinem diplomatischen Korps, sondern an der Seite eines betagten Soldaten. Die beiden brauchten den Übersetzer nicht, der immer wieder zwischen sie schlüpfte. Mit weit ausholenden Gesten erklärte der Soldat vermutlich Truppenbewegungen, die Stellung der Artillerie, die Vorstöße der Panzerdivisionen. Der alte Riese nickte, behalf sich mit den Händen, wenn der Übersetzer dem Gespräch hinterherhinkte …
Ich trat dem Aufseher, der uns am Bus erwartete, entgegen wie ein zum Tode Verurteilter, der seinen letzten Wunsch formuliert: »Ich muss unbedingt in die Stadt, meine Tante besuchen … Wenn ich keine Erlaubnis erhalte, gehe ich

auf eigene Faust.« Er sah mich scharf an, ermaß die unsichere Grenze zwischen der absoluten Unterwerfung, die wir normalerweise an den Tag legten, und der Revolte, die losbrechen konnte, wenn man sie am wenigsten erwartete. So wie jetzt, als man uns zur Belohnung den ganzen Vormittag des folgenden Tages zum Baden in der Wolga in Aussicht gestellt hatte. Als guter Psychologe begriff er, dass es sich hier um einen Ausnahmefall handelte. »Wenn du dich morgen nicht wieder zurückmeldest, melde ich dich bei der Miliz als Ausreißer und du kommst ins Umerziehungslager. Lass dir das gesagt sein. Und jetzt verschwinde, dann bekommst du noch den letzten Zug. Hier, nimm das für die Fahrkarte.«
Am nächsten Tag rief Alexandra bei ihm an und gab vor, ich hätte einen Sonnenstich bekommen und starkes Fieber. So verschaffte sie mir einige Tage des Zusammenseins mit ihr, die in meinem Leben aber mehr zählen als manche Jahre.

Ich kam um zehn Uhr abends an, und ohne jede Erklärung erzählte ich ihr alles so atemlos und hastig, dass man hätte meinen können, ich fiebere oder sei angetrunken. Das Fenster zu den Gleisen stand offen, man hörte das schwere Hämmern eines Zuges aus dem Ural. Sie kochte Tee, zündete die Lampe an. Ich bemerkte ihre große Erregung erst, als sie mit ausgesprochen ruhiger, viel zu ruhiger Stimme fragte: »Und worüber hat er gesprochen?«
Ich atmete tief ein, aber in einem Anfall von Stummheit brachte ich nichts mehr hervor. Ich hätte von dem Taschentuch erzählen können, mit dem er sich die vom Stör klebrigen Finger abwischte. Ich erinnerte mich an die kleinsten Veränderungen in den Gesichtszügen des alten Riesen. Ja, sogar an den Augenblick, als mitten in seiner

Rede ein Verb auftauchte, das in meinen Ohren altertümlich klang – vielleicht eine mir nicht geläufige Vergangenheitsform (»gebar«) oder ein Konjunktiv (»sei«) – und das mich überraschte wie ein Reptil aus der Vorgeschichte. Die Rede nachzuerzählen wäre für mich leicht gewesen: »Er sprach vom Krieg, vom Sieg, von der Dankbarkeit, mit der die Völker sich ihrer Helden erinnern sollen …« Allerdings hätte ich dann das Wesentliche verschwiegen, das für mich in der stummen Begleitstimme zum Ausdruck gekommen war und in dem Blick zu dem vergessenen Kreuz mitten in der Steppe. Wie konnte ich das mitteilen? Und war es überhaupt so gewesen, oder hatte ich mir das alles nur eingebildet?

Als Alexandra mein Zögern bemerkte, dachte sie, ich sei an der gesprochenen Sprache gescheitert, oder die Rede habe das Begriffsvermögen eines Jugendlichen meines Alters überstiegen. Um mir aus der peinlichen Lage zu helfen, sagte sie beiläufig, als würde sie sich nur vage daran erinnern: »Er hat die Stadt schon einmal besucht. Das war vierundvierzig. Ja, im Sommer vierundvierzig. Ich habe ihn nicht reden hören. Das Hospital platzte aus allen Nähten, Tag und Nacht wurde gearbeitet. Aber wir hatten uns einige Zeit zuvor das erste Mal über ihn unterhalten …«

»Wer ist wir?«, wollte ich wissen. Ich war wieder hellwach.

»Wir, das waren ich und … Jacques Dorme.«

Knapp eine Woche kurierte ich meinen angeblichen Sonnenstich aus. Zeit genug, damit sich das Schicksal von Jacques Dorme, sein Lebensabriss, für immer mit meinem Leben verweben konnte. Manche Dinge kann man nur ein einziges Mal im Leben erzählen. So auch die Geschichte, die Alexandra mir im Juli 1966 anvertraute.

Vier Jahre und ein paar Monate nach der Feier bei dem Ehrenmal erfuhr ich, dass der große alte Mann gestorben war. Der Blick, mit dem er die Steppe jenseits der Wolga umfing, und die Schweigeminute, die er damals einlegte, waren gerade ein Stück Ewigkeit geworden. Ich sehe noch den Zeitungskiosk bei der Anitschkow-Brücke in Leningrad vor mir, die Seite mit seinem Porträt und der Nachricht von seinem Tod. Die Liliputaner haben gewonnen, dachte ich, als ich die Zeitung kaufte. Ich ahnte noch nicht, wie sehr diese Formulierung den Nagel auf den Kopf traf. Allerdings war ich inzwischen alt genug, um zu wissen, dass seinem Tod Verrat auf der einen und Feigheit auf der anderen Seite vorausgegangen waren. Vor allem aber die Undankbarkeit eines Landes, dessen Ehre er einst gerettet hatte.

In meiner Erinnerung blieb er indessen unverändert: ein alter Riese, der mitten auf einem ehemaligen Schlachtfeld steht und die Gefallenen ehrt. Zu dieser Vision gesellte sich noch ein Satz von ihm, den ich lange Zeit später in irgendeinem Buch zitiert fand und der mir wie eine Antwort auf Alexandras Frage nach dem Inhalt seiner Rede erscheint: »Jetzt, da die Niedertracht hereinbricht, betrachten sie den Himmel, ohne zu erblassen, und die Erde, ohne zu erröten.«

5

An jenem Tag konnte man nicht mehr unterscheiden zwischen der mühseligen Pflicht zu leben und der gefassten Erwartung zu sterben.
Mai 1942, ungefähr dreißig Kilometer von Stalingrad entfernt, ein Hitzetag, zäh wie Teer, und die Gleise sind mit schmutzigem Verbandsmaterial, Bombensplittern und Abfällen übersät. Kurz zuvor ist ein Zug getroffen worden. Eisenbahner versuchen den brennenden Tankwagen abzuhängen und auf ein Abstellgleis zu schleppen. Das lodernde Benzin taucht die Umgebung in eine Dunkelheit, die nur von der violetten Sonne durchbrochen wird. Die Züge tasten sich langsam vorwärts, aber der Verkehr stockt nicht, und allein darauf kommt es an. In den Zügen nach Westen: Soldaten, Munition, Waffen. In den Zügen nach Osten: Verwundete, von den Gefechten ausgespuckte Körper. Die gigantische Kriegsküche, ein riesiger Kessel, der jede Minute neue Nahrung braucht: Tonnen von Stahl, Benzin, Blut.
Alexandra ist gefangen zwischen einer Wand aus stehenden Tankwagen und den Waggons, die auf dem Nebengleis vorbeirollen. Wenn sich das Feuer ausbreitet, wird dieser Eisenbahnknotenpunkt zu einem Flammenmeer von einem Kilometer Länge. Sie müsste sich auf den Boden werfen, unter dem Zug durchkriechen und auf der anderen Seite weglaufen. Doch sie rührt sich nicht, starrt auf

ihr Bild im Spiegel des vom Benzin glänzenden Tanks. Unwillkürlich formt sie in Gedanken ihren Vornamen, ihren wirklichen und ihren französischen Vornamen. Hierher hat sie sich verirrt, in diese Dämmerung am hellen Mittag, in dieses fremde Land, das im Todeskampf liegt. Die bräunliche Luft, die Schreie der Verletzten, ihr eigener Körper, der sich in der Hitze, im Dreck, in stumpfsinniger Anstrengung auflöst. Kein Tod wird je solche Qualen bereithalten, denkt sie. Am Ende des Zugs türmen sich die Rauchwolken auf, die Gleise verschwinden …

Ihr Spiegelbild gleitet davon, löst sich auf. Den Eisenbahnern ist es gelungen, den Zug zu teilen, die brennenden Waggons wegzuschieben. Das Leben kann weitergehen. Ein Leben, das sich kaum vom Tod unterscheidet.

Im Hämmern der Räder hört sie eine Stimme. Man ruft sie: »Schura!« Sie kehrt in ihr russisches Leben zurück, macht sich wieder an die Arbeit. Zusammen mit anderen Frauen regelt sie Tag für Tag die Ein- und Weiterfahrt der Züge, das Hin und Her der Lokomotiven. Die Nerven liegen blank, sind zum Zerreißen gespannt, es wird gebrüllt und geflucht, aber nie an die eigene Erschöpfung, den Hunger, an sich selbst gedacht. Ein Maschinist schreit sie an, sie schimpft bissig und knapp zurück. Eine Kollegin hilft ihr, einen Leichnam aus dem Zug der Verwundeten zu bergen. Sie packen ihn, legen ihn auf einen Stapel alter Eisenbahnschwellen. Die aufgerissenen Augen des Mannes sehen lebendig aus, der aufsteigende Qualm des brennenden Benzins spiegelt sich in ihnen. Zwei weitere Züge fahren mit ihren Waggonwänden dicht an ihr vorbei, der eine nach Westen (ein schnarrendes Bandoneon, das Lachen eines Soldaten, der seine Hände zum Trichter formt und ihr einen Heiratsantrag zubrüllt), der andere, lautlos, nach Osten (in einem Fenster ein vollständig von Verbänden verhüllter Kopf, der nach Luft schnappt). Und zwischen diesen beiden fahrenden Wänden findet sie für einen Moment so etwas wie Einsamkeit und Ruhe. Und sie fragt sich: Was hält mich hier in dieser Hölle? Sie betrachtet ihre rechte Hand, ihre bei einem Bombenangriff verstümmelten Finger. Ihre Füße in den schweren Soldatenstiefeln. Sie weiß, wie das zusammengefallene, gealterte Gesicht des Soldaten aussieht, ohne es gesehen zu haben. Die Züge sind fast gleichzeitig an ihr vorbeigefahren. Ohne sich um die chaotischen Zugbewegungen zu kümmern, springt ein Mann über die Schienen und schwenkt dabei einen kleinen Koffer. Er trägt einen merkwürdigen Anzug, halb Uniform, halb zivil. Mit seinem forschen Schritt und dem neugierigen Blick sieht er aus wie ein friedlicher Sonntagsspaziergänger, der sich zufällig in diesen Kriegstag verirrt hat. Für einige Sekunden wälzt sich eine Qualmwolke vor ihn, dann taucht er wieder auf, entgeht mit knapper Not einer Lokomotive, setzt seinen Ausflug fort. Ein deutscher Spion, denkt Alexandra und erinnert sich an die zahllosen Plakate, auf denen zur Mithilfe bei der Enttarnung dieser Feinde aufgerufen wird, die anscheinend in großer Zahl mit Fallschirmen im Hinterland abgesetzt werden. Der Mann beschattet seine Augen mit der Hand und beobachtet einen Jagdflieger, der über den Flammen durch den Himmel rast, dann geht er auf das Stellwerk zu. Nein, so unvorsichtig würde kein Spion sein. Der hier wird von einer Draisine überrollt oder von dem Zug erfasst werden, der plötzlich durch den dichten Rauchvorhang stößt. Alexandra läuft los, will den Mann warnen, winkt, damit er zur Seite geht, versucht mit ihrem Schrei das Quietschen der Räder zu übertönen. Sie holt ihn ein, stößt ihn zur Seite, beide straucheln, der Fahrtwind des Zuges trifft sie wie ein Peitschenhieb. Auch die

Worte, die sie ihm an den Kopf wirft, sind wie Peitschenhiebe. Harsche, grobe Worte, die klingen wie von einem Mann. Sie weiß, dass sie hässliche Dinge sagt und dass dieser verirrte Sommerfrischler bestimmt auch sie hässlich findet, aber sie braucht diesen Widerwillen, sie will diesen Schmerz und dieses ausweglose Elend. Der Spaziergänger kneift die Augen zusammen, als gäbe er sich Mühe, sie zu verstehen, ein Lächeln auf den Lippen. Und er antwortet, erklärt alles ganz ruhig, mit unpassender, unzeitiger Höflichkeit. Er spricht fehlerfrei, doch gerade das ist auffällig. Er hat einen Akzent, bemerkt sie, und plötzlich glaubt sie verdutzt, ungläubig, diesen Akzent zu kennen.

Sie tauschen noch einige Sätze auf Russisch, doch schnell machen sie viele kleine Entdeckungen: der Tonfall, die Mimik, eine Geste, die bei einem Russen anders wären. Sie beginnen französisch zu reden, und sie hat das Gefühl, nach zwanzig Jahren – so lange hat sie diese Sprache nicht mehr benutzt – selbst mit einem Akzent zu sprechen.

Um sie herum sind dieselbe Hölle, dasselbe labyrinthische Hin und Her der Züge, dasselbe stählerne Quietschen, das auf den Schienen das kleinste Gran Stille zermahlt, dieselben Propeller, die über ihren Köpfen den Himmel aufreißen, und dieser Rauch, der sich wie der Schatten unbekannter Tage über ihre Gesichter legt. Doch von all dem nehmen sie nichts mehr wahr. Wenn der Lärm ihre Stimmen schluckt, lesen sie die Sätze von den Lippen ab. Er erfährt, dass sie Krankenschwester ist, drei Wochen zuvor jedoch wegen einer Verwundung zu diesem Stellwerk abkommandiert wurde. Sie erfährt, dass er am Bahnhof von Stalingrad in den falschen Zug gestiegen ist und dann vergeblich versucht hat, zu seiner Fliegerstaffel zu gelangen. Doch wichtiger als diese Angaben ist im Augenblick der Klang der Wörter, die bloße Möglichkeit, sie wiederzuerkennen, den lebendigen Klang des Französischen zu hören. Den Namen jener Stadt bei Paris auszusprechen, in der sie geboren wurde, oder den seiner Heimatstadt bei Roubaix. Namen, die klingen wie Losungen.

Sie bewahrten sich das Gefühl, nicht mehr auseinander gegangen zu sein. Um drei Uhr früh unterhielten sie sich noch immer, saßen in einem Zimmer ohne Licht vor ihren kalten Teetassen. Irgendwann merkten sie, dass es dämmerte und der beginnende Tag durch die aufgerissene Wand sickerte. Natürlich hatten sie sich nach ihrer Begegnung zwischen den Gleisen wieder getrennt: Er hatte sich auf die Suche nach seinem Geschwader gemacht, sie war zur Draisine der Feuerwehrleute gerannt. Sie hatten gerade noch Zeit gehabt, sich für den späten Abend zu verabreden. Doch von nun an gab es für sie eine andere Zeit, ohne Unterbrechungen, unsichtbar für andere, zart wie das fahle Licht, das durch die Maueröffnung hereinschlüpfte, wie der Duft einer Vogelkirsche unter dem offenen Fenster.

Sie hätten nicht sagen dürfen, was sie sich erzählten, er von seiner Jagdstaffel (ein Staatsgeheimnis!) und sie von der Angst, die sie ihm gestand (Defätismus!): »Wenn die Deutschen die Wolga überschreiten, ist der Krieg verloren …« Aber sie unterhielten sich auf Französisch mit dem Gefühl, eine verschlüsselte Sprache zu sprechen, in der man sich vertrauliche Dinge sagt und die sie weit weg von den Gleisen im Rauch führte.

Wie weit, das merkt sie erst jetzt, gegen drei Uhr früh. Der erste bleiche Streifen am Himmel, der Duft der Vogelkirsche, der kühle Wind von der Wolga. Das Gesicht des Mannes, der sie besucht, der kräftige Tee in ihren Tassen, ein Tee, den er mitgebracht hat, und sie konnte sich nicht einmal mehr an den Geschmack von Tee erinnern. Selbst die Momente des Schweigens sind anders als das Schweigen, das sie sonst vernimmt. Dennoch ist die Hölle ganz nah, nur ein paar hundert Eisenbahnschwellen von diesem Haus entfernt. Ab fünf Uhr früh wird sie dort wieder ihren Mann stehen. Und er wird zu seiner Staffel zurückkehren. Sie hört seinen Bericht über die letzten Tage vor Kriegsausbruch im August 1939, die er in Paris erlebt hat. Er kam gerade aus dem Kino (er hatte *Der große Walzer* gesehen: »Nicht schlecht … schöne Musik«), als er hinter der Fensterscheibe eines Büros eine Blondine sah, die mit Gasmaske telefonierte. Zu Übungszwecken … Sie lachen. Was sie sich erzählen, folgt keiner Chronologie. Es sind zu viele Jahre, zu viele Gesichter, an die sie sich erinnern. In der Dunkelheit fällt es ihr leichter, ihm von ihrem Leid zu erzählen, das ihr gestern, als sie sich trafen, die Kehle zuschnürte. So deprimiert war sie auch vor sieben Jahren gewesen. Ihr Ehemann (»Mein russischer Ehemann«, sagt sie, um deutlich zu sein) war gerade verhaftet und nach einem Prozess, der zwanzig Minuten dauerte, erschossen worden. Damals sehnte sie den Tod herbei, war dankbar, dass ihr diese letzte Lösung blieb, überlegte aber auch, wie sie aus der sibirischen Stadt fliehen könnte, in die man sie verbannt hatte, wie sie das Unmögliche vollbringen und nach Frankreich zurückkehren könnte. Dieser Gedanke hielt sie am Leben. Begierig sammelte sie jede noch so kleine Nachricht aus Paris. Eines Tages fiel ihr eine Textsammlung in die Hände, ein Dutzend französische, ins Russische übersetzte Schriftsteller. Der erste Text hatte die Überschrift: »Stalin, der Mann, durch den man die neue Welt sieht«. Dann folgte ein Gedicht mit dem Titel: »Hymne an die GPU«. Die Verse feierten die Geheime Staatspolizei, die Millionen von Menschen, darunter auch ihren Ehemann, ermordet hatte … Sie las das Buch von

Anfang bis Ende, außerstande, sich diesen Menschenschlag von Franzosen vorzustellen, ihre niederträchtige, die Augen verschließende Sichtweise, ihre solche Hymnen anstimmenden Münder.
Sie erklärt Jacques Dorme, dass ihr der Gedanke, irgendwie nach Frankreich zu gelangen, im Augenblick noch viel unwahrscheinlicher vorkommt. Nicht wegen den französischen Schriftstellern, die die GPU verherrlichen, sondern wegen des Krieges, der an der Wolga derselbe ist wie an der Seine. Und wegen der vielen Verwundeten, die ins Hinterland transportiert werden müssen.
Er erzählt von dem Haus, in dem er seine Kindheit und Jugend verbrachte, von den deutschen Truppen, die jetzt auf der Straße vor dem Wohnzimmerfenster patrouillieren. In dem Zimmer hing ein Foto von seinem Vater, der als junger Mann in den anderen, den »Großen« Krieg gezogen und als alter Mann wieder zurückgekehrt war, um 1925 zu sterben. Er wisse nicht, ob die Erinnerung an seinen Vater lediglich die Erinnerung an dieses Porträt ist, oder ob sich ihm jene Sekunden eingeprägt haben, in denen er als dreijähriges Kind auf der Außentreppe des Hauses stand und einen Mann mit einem Tornister auf dem Rücken auf der Straße davongehen und verschwinden sah.
Am Abend treffen sie sich wieder, und noch immer haben sie das Gefühl, sich nie getrennt zu haben.

Je ne prétends à rien, je suis …« – »Ich strebe nach nichts, ich bin …«, sagte ein französischer König einmal. Wenn ich viele Jahre später an Jacques Dorme dachte, waren es diese Worte, die seinen Charakter für mich am besten umschrieben, das unausgesprochene Credo des Fliegers, des Fremden, der aus dem Qualm eines brennenden Zuges auftauchte.

Als Jugendlicher wollte ich in ihm einen strahlenden Helden sehen, der in seinem Leben Großtaten aneinander reihte. Eine Angewohnheit, die zweifellos von Kinderträumen im Waisenhaus herrührte. Doch vor der Schlichtheit des Berichts, den ich von Alexandra hörte, verstummte diese bombastische Anwandlung. Sie erzählte von einem Mann, der sich nicht darum kümmerte, ob man sein Leben in Stein hauen würde, der den Ereignissen hinterherlief und sich manchmal nicht von der Stelle rührte, wie in den Nächten in jenem Zimmer, dessen eingestürzte Wand den Blick auf den Himmel freigab und den herben Duft einer Vogelkirsche hereinließ – fern vom Zeitgeschehen.

Er landete zu spät in Spanien (vergebens mein Wunsch, ihn an der Spitze einer Internationalen Brigade zu sehen). Im Januar 1939, zwei Monate nach dem Fall von Madrid, kam er an. Hatte er davon geträumt, gegen Francos Luftwaffe und die deutschen Jagdflugzeuge zu kämpfen, wie zuvor in Frankreich eine Dewoitine oder eine Potez zu fliegen? Die Wirklichkeit sah anders aus. Er kämpfte nicht, sondern brachte die Trümmer der verlorenen Schlachten außer Landes: Waffen, Verwundete, Tote. Und anstelle eines munteren Jägers flog er ein schweres dreimotoriges Transportflugzeug, eine Junkers 52, die man den Nazis abgenommen hatte.

Sicher hatte er von Luftgefechten geträumt und von den kleinen Sternen auf den Seitenflächen des Cockpits, mit denen die Abschüsse gezählt wurden. Das Elend der Flüchtlingsmassen, diese hinterhältige Vervielfachung des Leids, das der Krieg verursachte, hatte ihn bescheidener gemacht: Er sah seine Aufgabe als Pilot jetzt darin, die Menschen von einem Ort, an dem sie schwer litten, zu einem Ort zu bringen, an dem sie weniger litten.

Schließlich freundete er sich sogar mit der JU 52 von den *boches* an. Anfangs redete er sich ein, die Maschine gut zu kennen könnte im Falle eines Krieges mit Deutschland noch nützlich sein, da es dann leichter wäre, Flugzeuge dieses Typs abzuschießen. Da sich die Maschine jedoch durch ihre beständige Zuverlässigkeit bewährte, wurde sein Verhältnis zu ihr besser, fast freundschaftlich, auch mürrisch, nachsichtig in schwierigen Situationen. »Ich habe sie umerzogen«, sagte er zu den russischen Piloten, denen er häufig begegnete und von denen er ein paar Brocken ihrer Sprache gelernt hatte. Er ahnte nicht, wie wichtig diese beiden alles in allem unbedeutenden Einzelheiten eines Tages für ihn werden sollten: seine Erfahrungen mit der alten Junkers und das Dutzend Sätze Russisch, die er konnte.

Er lernte auch, dass Kriegserinnerungen vor allem am Rande des Schlafs lauerten, wo sie für Piloten Bilder webten, auf denen sich Stahlpfeiler, Kabelstücke, Astwerk häuften, durch die sich das Flugzeug schlingernd und unerträglich langsam einen Weg bahnte. Häufig schreckte er aus dem Schlaf auf, erdrückt von diesem Durcheinander. Und tagsüber überraschte ihn die Leere. Die menschenleere Gasse in Port-Vendres, nur ein paar Stunden von den letzten Feuergefechten, nur wenige Kilometer von den bombardierten Städten und ihrer schreienden Bevölkerung entfernt, das geöffnete Fenster im Erdgeschoss, eine Frau, die bügelt, ihre Tochter, die von der Straße aus eine Puppe auf die Fensterbank setzt, das leise Zischen des Wassers unter dem Bügeleisen, der Dampf, der auf schmerzhafte Weise nach einem glücklichen Leben schmeckt.

In Paris versuchte er diese Leere mit den packenden Geschichten des Kinos auszufüllen, sah sich jeden neuen Film an, und bei einer Vorführung bemerkte er eine Zuschauerin, die weinte: Auch auf der Leinwand schluchzte die Heldin mit makellosem Gesicht über einem Brief. Er verfolgte die Handlung nicht weiter, denn ihm kamen die Straßen von Barcelona in Erinnerung, eine verstörte Mutter mit einem toten Kind in den Armen … Als er das Kino verließ, beobachtete er amüsiert die junge Blondine, die hinter der Fensterscheibe ihres Büros saß und mit einer Gasmaske über dem Kopf telefonierte. Es war für ihn belustigend und beunruhigend zugleich, denn die junge Frau sah seiner Verlobten sehr ähnlich, von der er gerade einen Abschiedsbrief erhalten hatte: Sie warf ihm sein Engagement in Spanien vor, war nicht mehr bereit, seine Abwesenheit länger zu ertragen, seinen »Hang zum Vagabundieren«. Er lächelte, aber mit Bitterkeit. Hinter der Scheibe rückte ein Mann die Gasmaske auf dem Kopf der blonden Frau zurecht, die ihm ihre Tapirschnauze zuwendete. Nein, es war eher komisch. Er nahm sich vor, seiner

Familie davon zu erzählen, die er Anfang September besuchen wollte.

Am selben Tag, als er in seinem Elternhaus ankam, erfolgte die Kriegserklärung. Sein sechzehnjähriger Bruder konnte seine Freude kaum verhehlen: Er träumte davon, Kapitän zur See zu werden. Jacques Dorme hörte ihn sogar rufen: »Vorausgesetzt, der Krieg dauert lange genug!« Er sagte nichts, denn er wusste: Nur wer den Krieg schon erlebt hat, kann ihn wirklich fürchten und verabscheuen. Beim Abschied gab ihm seine Mutter zweifellos fast dieselben Worte mit auf den Weg wie damals, 1914, ihrem Mann. Das Bild seines Vaters hing noch immer an seinem Platz im Salon, doch dieser Mann, der sich ein Jahr vor seiner Einberufung hatte fotografieren lassen, kam Jacques Dorme jetzt erstaunlich jung vor. Und er war damals wirklich jünger gewesen als nun sein Sohn.

In jener durchwachten Nacht im Mai 1942 in Stalingrad erinnerte er sich wieder an die Episode mit der Blondine und der Gasmaske und erzählte sie der Frau, die er kurz zuvor irgendwo zwischen den Zügen getroffen hatte. Beim Gedanken an das Brummen, das der Geliebte am anderen Ende der Leitung gehört haben musste, lachten beide. Noch einmal rauschte kurz alles an ihm vorbei, was er seit jenem Tag im August, als er in Paris aus dem Kino kam, erlebt hatte, dieses dichte Nebeneinander von Leben und Tod, das ihn in weniger als zwei Jahren zu einem anderen Menschen gemacht, das ihn verschlungen hatte. Und jetzt dieses große, zur Hälfte von einer Explosion zerstörte Holzhaus, diese fremde Frau, die ihm plötzlich so vertraut war, dieses Dorf am anderen Ufer der Wolga, der schreckliche Krampf eines Landes, das um sein Überleben kämpf-

te, und die tiefe Ruhe dieser Minuten, dieses Sterns, den man durch das Loch in der Wand sah, des Geruchs der weißen Dolden, die ihren Duft in der Dunkelheit verströmten. Und dieser Schwindel bei dem Gedanken an das, was ihn hierher geführt hatte.
In dieser Nacht bemühte er sich, im Wirrwarr aus Erinnerungen und in Vergessenheit geratenen Dingen einen Ausdruck dafür zu finden, und er machte Geständnisse, die ihn selbst überraschten. Hin und wieder schwiegen sie, sahen einander an, denn beide wussten um die äußerste Unzulänglichkeit der Worte.

Hinter diesem Schweigen verbarg er auch das Eingeständnis, dass er mehr als einmal sein Leben aufs Spiel gesetzt hatte. Als er die Feuerstöße beschrieb, die während der Luftgefechte im Mai und Juni 1940 durch die Nacht pfiffen, sprach er von »brennenden Rohrschlangen«. Kaum hatte er erzählt, dass auf einen Piloten seiner Staffel fünf feindliche Flieger gekommen waren, da riss er sich auch schon wieder zusammen und sprach, um nicht wie ein Angeber zu klingen, von diesen brennenden Rohrschlangen, mit denen die deutschen Jäger sie eindeckten. Als wäre es eine Ballnacht gewesen …
Auch von seinem letzten Gefecht erzählte Jacques Dorme in wenigen Worten, vor allem damit sie begriff, warum er hier war, an diesem Rangierbahnhof, in diesem russischen Dorf, und dass er dies nur dem verhängnisvollen Entschluss verdankte, einen deutschen Bomber abzufangen, eine Heinkel, die ihre zwei Tonnen Tod abgeworfen hatte und auf dem Rückweg zu ihrem Stützpunkt war, als kehrte sie an einem schönen Nachmittag im Juni von der Arbeit nach Hause zurück … Seine Bloch war nur geringfügig schneller als die deutsche Maschine, er wusste, dass es

dauern würde, bis er sie einholte. Er hatte nur noch wenig Munition und musste sich vorsichtig nähern, darauf achten, dass er nicht ins Feuer der zahlreichen Maschinengewehre des Bombers geriet, schießen und einen sicheren Treffer landen, denn eine zweite Chance würde er nicht bekommen. Er benötigte eine endlose Stunde, bis der Abstand zusammengeschmolzen war, bis er den richtigen Anflugswinkel für den Angriff eingenommen hatte und bis er schließlich den Piloten der Heinkel aus langer Erfahrung zu kennen und die Gedanken des Mannes hinter der spiegelnden Scheibe des Cockpits zu ahnen glaubte ... Er schoss ihn ab, hatte aber hinterher das seltsame Gefühl, dass es eine persönliche Beziehung zwischen ihnen gegeben hatte, er fühlte eine Betroffenheit, die im Eifer der kurzen Duelle mit den Jägern für gewöhnlich nicht aufkommen konnte. Trotz der Zufriedenheit über die erfüllte Aufgabe gab es diesen Gedanken an das Leben des Piloten und seiner Mannschaft, an die letzten Sekunden ihres Lebens, den er nicht zu Ende denken konnte, denn im selben Augenblick wurde er angegriffen, als wollte man ihn mit aller Gewalt zur Ordnung rufen: Gedankenflüge verboten! Die Scheibe schimmerte in allen Regenbogenfarben unter den Ölspritzern, die fächerförmig auseinander liefen, der Wind pfiff durch die zerborstene Muschelschale, allmählich wurden die Umrisse einer Messerschmitt sichtbar, während er plötzlich senkrecht abtrudelte. Es gelang ihm, sich am Rumpf festzuhalten, er verlor das Bewusstsein und wachte als Gefangener wieder auf.

Seine Erzählung dieses letzten Gefechts wird von der Durchfahrt eines Zugs unterbrochen, der mit seinem Gewicht dumpf durch die Nacht stampft. Ein Zug nach Osten. Jacques Dorme verstummt, sie lauschen beide auf

das keuchende Getöse. Waggon für Waggon ertönen ein schmerzvolles Ächzen, ein Schrei, eine beleidigte Antwort auf den Schrei. Die frische Luft vermischt sich mit dem brackigen Hefegeruch der Verwundungen.
»Ich glaube, der Treibstoff hätte sowieso nicht bis zum Stützpunkt zurück gereicht, ich war schon sehr weit hinter der Frontlinie. Der Jagdeifer war mit mir durchgegangen …« Sie errät, dass er in der Dunkelheit lächelt. Als wollte er sich dafür entschuldigen, neben diesen Zügen voll von verletzten Soldaten, die zwischen Leben und Tod schweben, von seinem Sieg, von seinen vergeblichen Anstrengungen, die ins Trudeln geratene Maschine hochzureißen, von seiner Ohnmacht gesprochen zu haben. Er lächelt.
Wenn die Liebe einen Anfang hat, dann muss sie für Alexandra mit diesem in der Dunkelheit fast unsichtbaren Lächeln begonnen haben.

Während der Gefangenschaft kehrte er in Gedanken häufig zu den Tagen im Mai und Juni 1940 zurück, und jedes Mal war er von neuem verblüfft, wie häufig er am Himmel gewesen war. In jenen Wochen des Luftkampfs hatte es nichts anderes gegeben, und er hatte keine einzige Erinnerung an das, was sich auf dem Boden zugetragen hatte, wusste von keiner Begegnung auf den Straßen der Städte. Da war immer nur dieses Blau, zersprengte Wolkenarchipele, ein unendliches Blau, aus dem die Erde verschwunden war. Seine Erinnerung täuschte ihn nicht: Bei mehreren Einsätzen täglich mit kurzen Schlafphasen dazwischen, in denen dieselben Flüge wiederkehrten, hatte er einfach keine Zeit gehabt, öfter am Boden unterwegs zu sein.
Jetzt, auf dem beschränkten Gelände des Lagers, klebte der Boden an den Fußsohlen und die Schritte waren schwer. Nachts hing der Geruch frischer Erde in ihrer Baracke, stach feucht und säuerlich in der Nase. Er und die drei polnischen Piloten, mit denen er das flache Gebäude neben einem zum Kriegsgefangenenlager ausgebauten Bauernhof teilte, waren allerdings Privilegierte. Er war bereits durch mehrere Lager in Deutschland gekommen, bevor man ihn hierher, an die Ostgrenze des vernichteten Polen, verlegt hatte. Jeder ahnte bereits, dass ein anderer Krieg bevorstand. Die gefangenen Polen könnten

noch nützlich sein. Die deutschen Offiziere, die von Zeit zu Zeit zur Inspektion kamen, gaben ihnen zu verstehen, dass sie alle von nun an einen gemeinsamen Feind hätten und dass unter zivilisierten Menschen immer eine Verständigung möglich sei. Deshalb gestand man ihnen dieselbe Verpflegung zu wie dem Wachpersonal und diese Unterkunft, in der es anstelle einer Gemeinschaftspritsche ein Bett für jeden gab. Sie konnten sich im Lager frei bewegen und brauchten keine Erlaubnis für ihre Gänge.
Bei diesen Spaziergängen sah Jacques Dorme auf der anderen Straßenseite die Baracken der gewöhnlichen Gefangenen, und eines Tages wurde er zum ersten Mal in seinem Leben Zeuge einer Hinrichtung durch Erhängen: Einer der Gehängten war sehr groß, seine Zehen berührten die Erde wie die Spitze eines Kreisels, sein Körper drehte sich mehrmals um sich selbst, bevor er erschlaffte … Jacques Dorme überkam ein undeutliches Schamgefühl, er haderte mit sich selbst, weil er aufgrund seines militärischen Rangs als Pilot zur Lageraristokratie gehörte.
In diesem Lager sah er im Sommer 1941 auf dem Feld hinter der Straße eine lange Kolonne gefangener russischer Soldaten. So erfuhr er, dass der Krieg, den die ganze Welt erwartet hatte, ausgebrochen war.

Eines Nachts ertrug er den Erdgeruch nicht mehr, der ihn verfolgte. Er stand vom Bett auf, ging durch das dunkle Zimmer und wollte gerade die Tür öffnen, als er plötzlich hinter einem Stapel alter Kisten einen hellen Schein erblickte und gleich darauf den Schatten eines seiner polnischen Mitgefangenen. Der Geruch kam von dort. Er ging hin. Auf frischer Tat ertappt, gaben sich die Männer keine Mühe mehr, etwas zu verbergen. In der

Ecke des Hauses war ein Loch in den Fußboden gegraben. Ein Kopf tauchte aus der Tiefe auf, Augen blinzelten im Licht eines brennenden Streichholzes. Die Polen sahen einander an. Wortlos, als wäre nun er an der Reihe, begann Jacques Dorme ihnen beim Ausheben des Tunnels zu helfen.

Sie flohen zu Beginn des Herbstes in einer Nacht sintflutartiger Regenfälle. Die Wachen hielten ihre Nasen nicht zur Tür hinaus, das Scheinwerferlicht war von einem wässrigen Blaugrün wie das Licht einer Taucherkugel, Geruch und Fußspuren gingen im Schlamm unter. Einer der polnischen Piloten, Witold, kannte sich in der Gegend aus. Am nächsten Tag erreichten sie ein Dorf, wo ein Bauer sie zwei Tage lang im Keller versteckte. Er warnte sie, als er erfuhr, dass man eine Treibjagd machen wollte, um die Ausbrecher zu finden. Sie konnten in die Wälder entkommen, doch dort brach ein Streit unter ihnen aus: Witold wollte weiter in Richtung Osten, die beiden anderen schlugen vor, in der Gegend zu bleiben, abzuwarten und sich auf den Winter vorzubereiten. Jacques Dorme folgte Witold, und so überquerten sie nach mehreren durchmarschierten Nächten, und ohne es gleich zu bemerken, die russische Grenze und gelangten in die unbeständige und unsichere Welt eines Etappengebiets.

Sie stießen auf Dörfer mit überquellenden Obstgärten; in den Straßen hausten jedoch Leichen, wie etwa jenen Weiler in der Gegend von Kiew, wo ein Dutzend erschossener Frauen aussahen, als ruhten sie sich nach einem Erntetag aus. Sie machten einen Bogen um die Städte. Nachts hörten sie manchmal deutsche Lieder, Stimmen von Betrunkenen. Einmal gerieten sie mitten in ein umzingeltes Gebiet, kreuzten russische Einheiten, versuchten aber nicht, zu ihnen zu stoßen: Es war keine Armee mehr, sondern ein Haufen menschlicher Wracks, die einer am anderen hingen, sich gegenseitig in den Schlamm warfen, sich das Essen entrissen und von den eigenen Offizieren erschossen wurden, die es eilig hatten, die Flucht einzudämmen, oder die andere töteten, um sich selbst einen Fluchtweg zu bahnen. Mitten in diesem heillosen Durcheinander gab es erstaunlich stabile Inseln, Abteilungen, die abgeschnitten, ohne Hoffnung auf Unterstützung, Gräben aushoben, Waffen einsammelten, ihre Verteidigung vorbereiteten.

Als sich die Schlinge immer enger zuzog und alle Richtungen gleichermaßen ausweglos waren, versteckten sie sich zwischen den Leichen auf einem Schlachtfeld. Wenige Meter von ihnen entfernt fuhren die deutschen Regimenter vorbei, manchmal trug der Wind das Hohngelächter einer Mundharmonika zu ihnen, doch es waren so viele Leichen über das Gelände verstreut in den Schützengräben und hinter den zersplitterten Baumstämmen der Befestigungsanlage, dass man eine ganze Armee gebraucht hätte, um diese beiden Lebenden ausfindig zu machen, den großen rothaarigen Polen, der in einem Bombenkrater lag, und den braunhaarigen Franzosen, der mit halb geöffneten Augen die vorbeifahrenden Lastwagen beobachtete. Um das Rascheln der Flügel zu vergessen, die in der Nacht unablässig über den Leichen schlugen, unterhielten sie sich lange in ihrem üblichen Kauderwelsch aus polnischen, russischen, deutschen und französischen Wörtern. Sie wunderten sich darüber, dass die Deutschen schon so tief nach Russland vorgedrungen waren. »Wenn sie so weitermachen«, meinte

Witold, »überschreiten sie noch vor dem Sommer die Wolga, und für die Russen ist die Wolga wie …« Er strich mit der Handkante seinen Hals entlang über die Halsschlagader. Außerdem hatten sie seit Wochen kein russisches Flugzeug mehr am Himmel gesehen.

Bei Wintereinbruch wurden sie von einer Gruppe Partisanen aufgegriffen und aufgenommen, die in einem befestigten Lager mitten in den Wäldern und Sümpfen lebten. Nachdem sich das anfängliche Misstrauen gelegt hatte, ließ man sie mitmachen, und Jacques Dorme lernte den unsichtbaren, unter dem Humus versteckten Krieg kennen, einen Kampf, der häufig ungeschickt, weil von alten Bauern mit uralten Gewehren geführt wurde, der den Feind auf lange Sicht jedoch mehr zermürbte als Angriffe der regulären Armee. Er stellte auch fest, dass man sich in diesem Krieg einen unendlich viel größeren Hass entgegenbrachte als den, den er in der Luft empfunden hatte. Einmal gelang es ihnen, die Deutschen aus einem Dorf zu vertreiben, und dann fanden sie an einer Straßenkreuzung eine Ansammlung von Menschen, Frauen und Kinder, die nackt im Schnee standen: Ihre Körper waren unter einem Wasserstrahl zu einer Garbe aus Eis gefroren. Es war sicher eine Antwort auf jenes Bild, das sich manchmal am Straßenrand bot: ein entkleideter deutscher Soldat, auch er zu Eis erstarrt, mit erhobenem Arm, der in die Richtung zeigte, die ein Schild um seinen Hals angab: »Berlin«. Oder stammte der Einfall von den Besatzern? Jacques Dorme sah den Blick eines Bauern, der seine Frau in der zu Eis erstarrten Gruppe erkannt hatte, und er begriff, dass diese Frage hier keine Bedeutung mehr hatte.

Im März 1942 bestiegen die beiden Piloten ein Flugzeug, das die Lager der Partisanengruppen mit Waffen beliefert hatte. Als der Flieger abhob, begannen sie vor Freude zu singen. Jacques Dorme wusste nicht mehr, in welcher Sprache er sang.

Sie hatten sich schon ausgemalt, was sie am Ende ihres Fluges erwarten würde: ein Flugfeld, eine Reihe von Jagdflugzeugen, Mechaniker, die sich an den Maschinen zu schaffen machten, und einen Kommandanten, der sie bitten würde, ihr Können vorzuführen, bevor er sie in seinen Dienst stellte.

Was sie sehen, entspricht nicht gerade dem, was sie erwartet haben. Ein offenes Gelände, einem Landeplatz nicht unähnlich, aber leer, lediglich ein russischer Pe-2-Bomber ohne Fahrgestell und mit völlig durchlöchertem Rumpf steht herum. Einige Bretterschuppen hätten durchaus als Hangar dienen können, doch weit und breit kein Mechaniker bei der Arbeit. Stattdessen laufen Soldaten hin und her, als wollte man den Stützpunkt räumen. Von der Stadt her hört man Flugzeuglärm. »Junkers 87, ja, Stukas ...«, erkennen die Piloten. Man hat sie in einen Schuppen gesperrt, und sie geben sich Mühe, dies nicht als schlechtes Zeichen zu deuten. Die Tür geht auf. Umrahmt von zwei Soldaten erscheint der Mann, von dem sie hoffen, er sei der Kommandant der Fliegerstaffel. Er ist klein, mager, trägt eine schwarze Lederkluft und ein Wehrgehänge. Sein Mantel, seine Stiefel glänzen in der Sonne. Grußlos verkündet er, man werde sie getrennt verhören, dann zeigt er auf Witold und befiehlt den Wachposten: »Abführen ...«
Jacques Dormes beobachtet das Geschehen durch einen

breiten Spalt zwischen den Brettern der Holzwand. In der Mitte des Hofs stehen ein Holztisch und zwei Bänke. Der Mann in Leder setzt sich, Witold will sich ebenfalls setzen, doch die Soldaten packen ihn und halten ihn fest. Der Platz sieht plötzlich aus wie einer jener unwirklichen Hinterhöfe, in die man sich in einem Albtraum verirrt. Ein Tisch in der prallen Sonne auf einer festgetretenen Schneedecke. Soldaten schleppen Kisten, Benzinkanister, schwere Brocken: Sie gehen über den Hof, ohne das Verhör zu beachten, verschwinden auf der anderen Seite. Manchmal steigert sich das Heulen der Maschinen zu einem ohrenbetäubenden Lärm, dann bricht es ab und man hört die Wassertropfen, die von dem noch vereisten Dach rieseln. Der Mann in Leder brüllt einen Befehl, und das Hin und Her der Träger hört auf. Jetzt sieht man nur noch den Tisch, an dem das Verhör stattfindet, und den Militärwagen, der unter einem Baum parkt.

Als der Lärm der Flugzeuge nachlässt, kann Jacques Dorme einige Worte aufschnappen, aber mehr als diese Worte zählt jetzt der Unterschied zwischen diesen beiden Männern, nur davon hängt der Ausgang des Verhörs ab, das spürt er: der Pilot, groß, mit offenem Blick und fester Stimme, und jener Mann in Schwarz, der trotz des schlammigen Frühlingswetters sehr gepflegt wirkt und den Polen mit unverhohlenem Hass mustert. Dann werden ihre Stimmen lauter – um das Brummen der Stukas zu übertönen, denkt Jacques Dorme. Doch der Ton wird immer schärfer, auch als wieder Stille einkehrt. Er sieht den Mann in der Lederkluft aufstehen, sich mit beiden Fäusten auf dem Tisch abstützen. Witold schreit und fuchtelt mit den Händen, die Soldaten stoßen ihm ihre Maschinenpistolen in die Rippen. Jacques Dorme hört den Polen mit heftig erregter Stimme verächtlich »Stalin« rufen. Der Mann in Schwarz springt erneut auf, sein Mund verzieht sich, er zischt wiederholt: »Verdammter Spion …« Plötzlich zieht er seine Pistole. Die Zeit scheint stehen zu bleiben. Witold und die beiden Soldaten sehen reglos zu. Die Starrheit der Blicke dauert eine endlos lange Minute. Jeder kann nun begreifen, was hier passiert. Witold leckt sich noch über die Lippen, dann fällt der Schuss, und noch ein zweiter.

Jacques Dorme traut seinen Augen nicht. Man tötet einen Menschen doch nicht einfach so, ohne Urteil. Es kann sich nur um einen Schreckschuss handeln, ein Druckmittel. Man kann nicht einfach einen Menschen töten, der vor diesem Tisch in der Sonne steht … Witold bricht zusammen. Der Mann in Leder steckt die Pistole weg, die Soldaten ziehen den Toten in eine offene Baracke.

Als Jacques Dorme auf der Bank sitzt, hat er das eigenartige Gefühl, noch immer auf seinem Beobachtungsposten hinter der Wand des Schuppens zu sein, als ob er das Geschehen weiterhin von dort verfolgen würde, während hier nun ein anderer Mann, er, ein paar Minuten lang etwas sagen und dann sterben würde. Der Beobachter, der durch den Schlitz zwischen den Brettern späht, müsste etwas tun: Er müsste sich auf den kleinen Mann in Leder werfen, ihm seine Pistole entreißen, laut rufen, den Kommandeur informieren. Der Mann wiederholt seine Frage, einer der Soldaten stößt Jacques Dorme den Lauf seiner Maschinenpistole in den Nacken, drängt ihn zu reden. Er antwortet, wundert sich darüber, dass er sich automatisch korrigiert, dabei spricht er russisch, und zum ersten Mal ist ihm diese Sprache richtig nützlich. Er ist noch kaltblütig genug, um zu begreifen, wie seltsam dieses erste Mal ist. Um zu begreifen, dass seine Antwor-

ten nicht verhindern werden, was ihn erwartet, und dass seine Kenntnis der russischen Sprache der schwerwiegendste Anklagepunkt gegen ihn ist, gegen diesen »Spion«, den die Deutschen mit dem Fallschirm abgesetzt haben und der sich – welche Phantasie! – als französischer Pilot ausgibt. Vor allem meint er, den Mann in Leder zu kennen, nicht ihn persönlich, aber Vertreter seiner Art. Männern in schwarzer Lederkluft ist er schon in Spanien begegnet. Er erinnert sich, dass die russischen Piloten ihre Gespräche unterbrachen, wenn einer von ihnen auftauchte, und Jacques Dorme hatte die Furcht jener Piloten, die täglich zehnmal dem Tod ins Auge sahen, nicht begreifen können. Bei seinem Anblick wurden sie steif, und die einzige Erklärung, die sie gaben, war eine Buchstabenkombination: GPU oder auch NKWD …
Das Aufheulen der Stukas im Sturzflug übertönt die Worte. Sie schweigen, sitzen einander gegenüber, schauen sich in die Augen. Plötzlich errät Jacques Dorme, dass der Mann in Leder große Angst hat, dass diese schmalen braunen Augen vor Angst schielen. Ein Flugzeug fliegt über den Hangar, taucht ab und nimmt die Infanteristen ins Visier, die in der angrenzenden Straße den Rückzug vorbereiten. Man hört Schreie, das Getrampel einer rennenden Menge. Jacques Dorme schaut zum Himmel, sieht den Einschnitt einer anderen Maschine, nimmt sie automatisch ins Visier, schätzt sofort den Flugwinkel, die Entfernung und die Geschwindigkeit, mit der sie sich nähert … Er will den Mann in Leder warnen, doch der rennt schon davon, wenn auch langsam, weil er von den steifen Schößen seines Mantels behindert wird, und seine Hand umklammert das Futteral der Pistole. Er sollte sich zu Boden werfen, hinter eine Mauer oder unter diese Bank hechten, unter der sich Jacques Dorme

verkriecht, aber schon fliegt die Stuka über sie hinweg, durchbohrt die Ohren mit ihrem Dröhnen, feuert.

Der Tisch steht noch immer im Hof, unter derselben prallen Sonne, die das Eis schmilzt und die länglichen Tropfen in allen Regenbogenfarben schimmern lässt. Neben dem Trittbrett des Lastwagens zusammengekrümmt liegt der Mann in der Lederkluft, der zertrümmerte Kopf ist auf die Brust gefallen. Er wollte mich töten, denkt Jacques Dorme, der die Bedeutung dieser Worte noch immer nicht begreift. Und ich wollte ihn retten …

Er hat keine Zeit, sich des Geschehens bewusst zu werden. Ein Geländewagen hält im Hof, der Offizier, der sie am Vormittag hergebracht hatte, steigt aus und klopft ihm auf die Schulter: »Gut, das war's. Hat unser Agentenjäger Sie kontrolliert?« Jacques Dorme zeigt mit dem Kinn auf den Lastwagen. Der Offizier pfeift lange durch die Lippen, dann folgt ein Schwall Flüche. Er betrachtet den Leichnam aus der Nähe, bückt sich, nimmt die Pistole an sich und meint augenzwinkernd: »Er hat mehr Russen als Deutsche damit umgebracht. Aber erzähl bloß niemandem, was ich dir gerade gesagt habe …« Jacques Dorme berichtet ihm, was mit Witold passiert ist. Wieder ein Pfiff, diesmal etwas kürzer, dieselben Flüche: »Armer Polacke! Hatte echt kein Glück … Nein, wir dürfen keine Zeit verlieren. Die Fritzen werden vor Anbruch der Nacht hier sein. Schnell, steig ein, wir müssen zu Oberst Krymow.« Jacques Dorme lehnt ab, bringt Argumente vor. Der Offizier besteht darauf, ereifert sich, fuchtelt mit der Pistole, die er dem Toten abgenommen hat. »Los, drück schon ab, dann wäre wenigstens einer damit erschossen worden, der kein Russe ist«, lacht Jacques Dorme. Schließlich laden sie den toten Witold ins Auto und machen sich im Zickzack zwischen

Bombentrichtern und brennenden Lastwagen auf den Weg.
Oberst Krymow ist unauffindbar. Im Befehlsstand zuckt man die Schultern, sein Adjutant rät zu warten. Sie beschließen, alle Häuser abzuklappern, in denen noch Licht brennt. Das letzte, das sie aufsuchen, ist eine Isba, in deren Fensterscheiben ein schwacher Lichtschein schimmert. Bevor sie anklopfen, gehen sie zu einem Fenster und schauen hinein. Der Raum wird von der Glut des Feuers in einem großen Ofen erleuchtet. Man sieht das Bett, auf dem sich ein schwerer nackter Mann zu schaffen macht, der allein zu sein scheint und sich mit seinem ganzen Körper auf das Bett fallen lässt, zurückprallt und wieder fällt. Plötzlich taucht seine Hand in die Kuhle des Bettes und fördert einen schweren Busen zutage, den er mit den Fingern knetet. Das Bett ist sehr tief, hängt durch unter dem Gewicht des Liebespaars, die Frau versinkt darin. Der Mann taucht ein, taucht auf und packt einen großen, von der Glut leicht geröteten Schenkel. Es ist ein Bett auf Rollen: Bei jedem seiner Stöße rollt es vorwärts, dann wieder, nicht ganz so weit, zurück. Ein Soldatenmantel scheint steif auf einem Stuhl zu sitzen.
Eine Stunde später treffen sie Krymow im Befehlsstand. Er zeigt ihnen, welchen Weg sie am nächsten Tag nehmen müssen, und rät ihnen, früh aufzubrechen, denn hier würde es morgen »lustig zugehen«. Jacques Dorme ist vom harten und traurigen Klang seiner Stimme überrascht. Lustig … Er versteht ihn nicht, meint, sein Russisch sei nicht gut genug.
In der Nacht friert es nicht, die Erde in der Ecke eines Obstgartens ist locker. Jacques Dorme hat Witolds Grab zugeschaufelt und schlägt ein Kreuz auf: zwei Holzlatten, die mit einem Draht zusammengeknotet sind. »Eigent-

lich hast du es richtig gemacht«, seufzt der Offizier und schießt mit seiner Pistole drei Kugeln in die Luft.
Der Puls seines völlig neuen, weil mit knapper Not geretteten Lebens hindert ihn am Einschlafen. Vor allem aber dieser Gedanke: Nie würde er jemandem erklären können, was Krieg alles bedeutet.

Der Krieg hallte auch in der Stimme seines neuen Begleiters wider (Jacques Dorme dachte schließlich, dass seine aufeinander folgenden Ciceroni einfach nicht wussten, wie sie ihn loswerden konnten). Dieser Oberleutnant verkündete mit einem kurzen, trockenen Lachen: »Übrigens, das Regiment von Krymow … Hackfleisch. Keiner hat überlebt. Vom Dorf steht kein einziges Haus mehr. Wie durch den Fleischwolf gedreht.« Eine Geste bekräftigte seine Worte.

Als sie am nächsten Tag wieder durch das Dorf kamen, das von den Deutschen zurückerobert worden war, stießen sie auf die Leiche eines jungen Fernmelders, der, von einer Explosion zerrissen, auf der Straße lag. Nachdem seine Arme von Bombensplittern zerfetzt worden waren, hatte er sich die Enden des Kabels zwischen die Zähne geklemmt … Der Oberleutnant schien sich vor allem über die Gewitztheit des Soldaten zu wundern.

Auch diese Leichtblütigkeit gehörte zum Krieg.

Wie jene Halluzination, die am nächsten Morgen den Mann in der schwarzen Lederkluft wieder auferstehen ließ …

Sie gelangten zu einem offenen, verschneiten Gelände, erkannten das Flugfeld, das sie schon vier Tage gesucht hatten, und dort, in der Nähe einer schweren dreimoto-

rigen Maschine, wiederholte sich dieselbe Szene, dasselbe Verhör wie in den Fieberträumen eines Verwundeten. Nur war der Mann im langen schwarzen Ledermantel diesmal größer als der erste und ähnelte ihm kein bisschen, aber er spielte dieselbe Rolle. Umringt von einer Gruppe Soldaten, drehte er sich, schwenkte die Pistole, zeterte, stieß Drohungen aus, fluchte, deutete auf das Flugzeug und tätschelte ab und zu dessen Rumpf. Er schien die Ankunft Jacques Dormes und des Oberleutnants, der ihn führte, nicht zu bemerken.
»Das ist Untergrabung der Moral!«, brüllte er. »Ich habe euch auf frischer Tat ertappt. Ich weiß genau, ihr wollt die Beschlüsse des Oberbefehlshabers sabotieren ...« Zwischen all den Flüchen hörten sich diese Beschuldigungen für Jacques Dorme äußerst befremdlich an: der Oberbefehlshaber, Stalin, eingerahmt von »Ärschen« und »Etappenschweinen« ... Wie ein Schüler, der sich zu rechtfertigen versucht, meldete sich ein Soldat in Fliegerkombination zu Wort: »Aber, Genosse Inspektor, man kann nicht das Doppelte an Fracht laden ...« Nach einem neuen Aufmarsch von »Ärschen« und »Etappenschweinen« kam jetzt die Partei an die Reihe: »Wenn die Partei beschlossen hat, dass dieses Flugzeug drei Tonnen Fracht laden kann, dann kann es drei Tonnen Fracht laden! Und wer sich den Beschlüssen der Partei widersetzt, ist ein Diener des Faschismus und wird eliminiert!« Der Pilot bekam die Pistole in die Wange gedrückt, schluckte und keuchte: »Ich versuche es gern noch einmal, aber ...« Der Mann im Ledermantel senkte die Pistole: »Es ist dein letzter Versuch. Die Partei duldet keine Agenten der Faschisten in ihren Fliegerstaffeln.«
Der Pilot und ein anderer Soldat kletterten in das Flugzeug. Jacques Dorme hatte das Gefühl, ihnen zu folgen,

ihre Handgriffe im Cockpit nachzuahmen, das Armaturenbrett zu sehen ... Er hatte die Maschine trotz ihres schlechten Zustands auf den ersten Blick erkannt: Es war eine Junkers 52, derselbe Flugzeugtyp, den er in Spanien geflogen hatte. Das Maschinengewehr war entfernt, die Maschinengewehrkanzel abmontiert worden (vielleicht um die denkwürdigen, von der Partei verordneten drei Tonnen laden zu können ...), Rumpf und Flügel hatte man mit einem trüben Blau übertüncht.

Die Startbahn war lang genug, aber der Schub verpuffte, der Motor stotterte, und die Maschine wurde von der unebenen Piste immer wieder auf den Boden gedrückt. Etwa hundert Meter vor den Schneeverwehungen machte das Flugzeug einen Satz, streckte die Nase nach oben, dann setzte sie wieder auf der Piste auf, kam von der Bahn ab und schlingerte in den unberührten Schnee. Der Motor verstummte.

Der Mann im Ledermantel zog seine Pistole und rannte zu der Maschine. Alle liefen hinterher, wenn auch mit verhaltenem Schritt, denn keiner wusste, wie er es vermeiden könnte, sich an der feigen Tat zu beteiligen. Der Pilot war aus der Maschine geklettert. Er blieb neben dem Flugzeug stehen und blickte den Mann an, der auf ihn zurannte. Sein Kamerad hatte sich hinter der Maschine versteckt, gab vor, einen Propeller zu überprüfen.

Der Mann in Leder bellte mit einer vor Kälte und Wut rauen Stimme: »Nicht genug, dass du den Befehlen der Partei nicht gehorchst, jetzt versuchst du auch noch Kriegsmaterial zu vernichten. Dafür kommt ihr alle vors Kriegsgericht, und du auch!« Bei den letzten Worten hatte er sich einem Unteroffizier zugewandt, der sich ein wenig abseits hielt.

In diesem Augenblick mischte sich der Oberleutnant in

das Geschehen ein, stellte sich und Jacques Dorme vor. Der Mann im Ledermantel musterte den Franzosen überheblich und schrie dann in schrillem Ton: »Worauf wartet er noch? Er soll sich reinsetzen und beweisen, dass er Pilot ist und kein Spion, den man heute Nacht abgesetzt hat!«

Jacques Dorme ging um das Flugzeug herum, bat darum, einen Blick auf die Ladung werfen zu dürfen. Der Pilot seufzte, öffnete die Ladeluke, sie kletterten in den dunklen Rumpf der Junkers. Der Laderaum war gefüllt mit großen Holzkisten, die randvoll mit Alteisen waren: schwere gusseiserne Platten, Panzerketten ... Der Flug sollte zweifellos ein Versuch sein, die maximale Ladekapazität zu ermitteln. Sie kletterten hinaus. Man umringte Jacques Dorme. Es herrschte stählernes Schweigen, man konnte den Wind über die Flügelblätter pfeifen hören. »Es könnte klappen«, bestätigte Jacques Dorme, »aber ich bräuchte noch etwas ...«

Der Mann in der Lederkluft zog ein verächtliches Gesicht: »Was denn noch? Vielleicht einen Zusatzmotor?«

Jacques Dormes schüttelte den Kopf: »Nein, keinen Motor. Ich brauche zwei Stück Seife ...«

Das Gelächter, in das alle ausbrachen, war so laut, dass ein Krähenschwarm vom Dach eines Schuppens aufflog und wie von einem Sturm gepackt das Weite suchte. Der Oberleutnant bog sich vor Lachen, der Pilot musste die Stirn am Rumpf der Junkers abstützen, der zweite Mann presste seine geballten Fäuste gegen die Augen, die anderen schwankten wie betrunken mit weichen Knien. Eine Mütze rollte in den Schnee, man lachte Tränen. Der Mann in Leder hüpfte zwischen ihnen herum, versetzte dem einen oder anderen einen Kolbenhieb in den Rücken oder auf die Schulter ... Vergeblich, denn sie lach-

ten, weil sie dem Tod zu nahe waren. Als die Lachkrämpfe schließlich abflauten, als die Soldaten nicht mehr so taten, als seiften sie sich Kinn und Hals ein, hatte sich auch der Mann in der Lederkluft vom Lachen anstecken lassen. Er konnte einfach nichts mehr dagegen tun, obwohl er die Stimme erhob, um bedrohlich zu wirken, die Gesichtsmuskeln anspannte, aber der Lachanfall war stärker, riss seine zusammengepressten Lippen auseinander, seine wächsernen Gesichtszüge verzerrten sich, er quiekte. Wahrscheinlich um das Gesicht zu wahren, brüllte er zwischendurch: »Bringt ihm, was er will!«
Das Flugzeug beschleunigte, fuhr die ganze Piste hinauf und stoppte. Jacques Dorme sprang herunter, ging zu dem Mann in der Fliegerkombination, der zwischen den Frachtkisten geblieben war. Vom anderen Ende des Flugfelds kam der Inspektor gerannt, fuchtelte mit seiner Pistole … Sie hoben die lange Kiste in der Mitte des Frachtraums auf einer Seite an. Jacques Dorme schob an jeder Seite der Kiste ein Stück Seife unter die Bretter. »Wenn du es schaffst, sie zu schieben, sind wir gerettet …«, sagte er zu seinem Helfer, der langsam begriff. Dann erklärte er ihm, in welchem Augenblick er das Zentrum der Schwerkraft verlagern musste.
Das Flugzeug nahm wieder Anlauf, rollte wenige Meter an dem Mann im Ledermantel vorbei, hob von der Piste ab, streifte dabei die vereiste Randbegrenzung. Und sank.
Vom Boden aus gesehen, kippte die Maschine über ihren linken Flügel und verlor an Geschwindigkeit. Es sah aus, als bliebe sie in der Luft stehen. »Kaputt!«, hauchte der Unteroffizier. Plötzlich, mit einer abrupten Pendelbewegung, kippte die Maschine zur anderen Seite, senkte ihren rechten Flügel nach unten, aber nicht ganz so gefähr-

lich und ohne großen Tempoverlust. Dann schwenkte sie wieder nach links, dann noch einmal nach rechts … Langsam gewann sie an Höhe, wobei sie immer weniger stampfte, immer mehr einem gewöhnlichen Flugzeug glich. »Diese Kiste!«, rief einer der Flieger in der Gruppe auf dem Rollfeld aus. Und andere griffen es bewundernd auf: »Diese Kiste …!« Sie kannten das Manöver, mit dem man überladene Flugzeuge hoch brachte, aber nur die wahren Fliegerasse beherrschten es.
Im Bauch der Junkers saß der Mann in der Fliegerkombination und lehnte mit dem Rücken an einer langen, quer stehenden Kiste. Seine Augen waren gerötet, er keuchte schwer. Als er wieder normal atmete, stand er auf und schleppte sich zu einem Bullauge. Unter ihnen schlängelte sich ein grauer, zugefrorener Fluss, der Flugplatz war außer Sichtweite. Er öffnete die Tür und begann zuerst einzelne Altmetallteile abzuwerfen, dann eine ganze Kiste, die er über den eingeseiften Boden schob. »Das hilft uns, sicher zu landen. Bei diesem Irren weiß man nie …« Er spitzte die Ohren. Der Pilot sang. In einer Sprache, die er noch nie gehört hatte.

Ende April erfuhr Jacques Dorme, dass er einer soeben neu gebildeten Fliegerstaffel zugewiesen worden war, einer Spezialeinheit, die Flugzeuge aus Amerika überführen sollte, die von Alaska über Sibirien an die Front gebracht würden. Er war enttäuscht. Er hatte gehofft, als Jagdpilot eingesetzt zu werden, an die Front zu kommen. Eine Kleinigkeit tröstete ihn: Der fünftausend Kilometer lange Flug galt als weitaus gefährlicher als das Überfliegen der feindlichen Linien.

In den Wochen, in denen er auf seinen Einsatz wartete, kam ihm immer wieder der Gedanke an die Unmöglichkeit, den Krieg zu erklären. Hinterher, dachte er, würden alle darüber reden, den Krieg beurteilen, anklagen, rechtfertigen. Alle, besonders aber diejenigen, die ihn nicht mitmachten. Und dann würde alles eindeutig sein: die Feinde und die Verbündeten, die Gerechten und die Ungeheuer. Die Jahre an der Front würden Tag für Tag festgehalten werden als Truppenbewegungen und ruhmvolle Schlachten. Das Wichtigste aber würde man vergessen: Die Zeit des Krieges bestand aus unzähligen Minuten des Krieges, und hinter der riesigen Umwälzmaschine der Fronten versteckte sich manch sonnenüberfluteter Hinterhof, in dem an einem Tag im März ein Mann in Lederkluft einen anderen tötete, weil er Lust zu töten hatte, und am selben Tag sah man einen nackten Oberst Krymow, der sich beeilte, seine Lust am Körper einer Frau bis ins Letzte auszukosten, bevor er von einem Maschinengewehr zerhackt wurde, und auch einen jungen Soldaten, der sich die beiden Enden eines zerrissenen Telegraphenkabels zwischen die Kiefer geklemmt hatte … Man kam schnell vom Hundertsten in Tausendste, und er schloss daraus, dass es darauf ankam, alle diese Erinnerungssplitter des Krieges, all diese kleinen Kriege der vielen vergessenen Soldaten, im Gedächtnis zu bewahren.

Anfang Mai überquerte er die Wolga bei Stalingrad. Dabei erinnerte er sich an Witolds Worte: »Die Wolga ist für die Russen wie …« Er irrte sich im Bahnhof, stieg zu früh aus und marschierte lange an den Gleisen eines Rangierbahnhofs entlang. Hinter dem Qualm eines von Bomben getroffenen Benzintanks erblickte er eine Frau, die das

Chaos der hin- und herfahrenden Züge dirigierte. Noch ein Krieg, dachte er, so eine hübsche Frau, so schlecht gekleidet, so schnell vergessen … Er brauchte eine Weile, bis er begriff, dass die Frau mit ihren Rufen ihn meinte.

6

In dem Sommer, als Alexandra mir von dem französischen Piloten erzählte, war ich dreizehn Jahre alt. Ich stellte Fragen, erkundigte mich nach der Höchstgeschwindigkeit der Bloch, nach der Reichweite des Bombers, den Jacques Dorme abgeschossen hatte, nach der Pistole des Mannes im schwarzen Ledermantel, nach der Gasmaske, mit der man telefonieren konnte (mit denen, die wir im Waisenhaus bei unseren paramilitärischen Übungen trugen, wäre das unmöglich gewesen) … Sie lächelte und bekannte, dass sie von diesen Dingen nichts verstand.

Jahre später wusste ich, was ihr Lächeln verschwieg: Die Dinge, die meine Neugier weckten, und die wenigen Tage, die sie mit Jacques Dorme erlebt hatte, lagen unendlich weit auseinander. Sie konnte mir nicht von ihrer Liebe erzählen, weil ich damals noch zu jung war, dachte ich zuerst und bedauerte, dass man in diesem Alter so dumm war und sich nur für die Einzelheiten der Waffen und die abenteuerlichen Überraschungen des Krieges interessierte. Weil sie so altmodisch und prüde war, dachte ich später und beklagte die Flüchtigkeit jener Erlebnisse vom Mai 1942, von denen sie mir nur eine leise Ahnung vermittelt hatte. Eines Tages begriff ich schließlich, dass es unmöglich war, mehr über ihre Liebe zu sagen. Und dass diese Momente (Sie hat mir erzählt, wie das Wetter war, dachte ich mehr als einmal bitter), die beiläufige Erinnerung an einen Regenschauer oder an einen nebligen Morgen genügten, um das Wesentliche dieser kurzen und einfachen Liebe auszudrücken. Von Jahr zu Jahr konnte ich besser verstehen, was sie bedeuteten, ich erriet, wie das Licht war, ich konnte den Wind und das Rauschen des Regens hören, der durch das Loch in der Wand drang und dessen Kühle das Bett streifte. Die Liebe, die sie nie schilderte, sollte in mir reifen und sich mir immer mehr offenbaren, je älter ich wurde. Wie jener Moment, als die alte Bernsteinkette zerriss, die anfänglich nur an eine regnerische und windige Nacht erinnerte.

Der Wind weht die stickige, harzige Steppenluft weg, den Geruch des brennenden Öls, den geballten Atem der Menschen, die zu Hunderten in den Waggons zusammengepfercht sind. Die Regentropfen, die durch das Loch in der Wand auf den Fußboden platschen, harmonieren plötzlich mit den Perlen, die von der gerissenen Kette zu Boden prasseln. Die Körper halten inne, für eine Sekunde stockt ihr Liebesringen, bleibt ihr Atem stehen, doch gleich vereinigen sie sich wieder, verlieren sich im Rhythmus, den ihnen ihre Lust vorgibt, lassen die Perlen von der Kette gleiten und die Zeit messen.
Erst mit meiner eigenen Lebenserfahrung verstand ich sowohl diesen Regen als auch die selige Erschöpfung, von der die Bewegungen der Frau erfasst waren, die vom Bett aufstand, zu dem Loch in der Wand ging und sich von der warmen und nassen Luft des Sturms umfangen ließ, verstand ich die Langsamkeit, mit der die Worte kamen, die der laute Regenschauer sogleich fortschwemmte, und ahnte, dass gerade die Langsamkeit der Worte von Bedeutung war und nicht das, was gesprochen wurde. Ich

verstand, dass diese untergegangenen Worte, das Glück dieser verlangsamten Bewegungen, der Duft der Vogelkirsche, der sich mit der Schärfe der Blitze vermischte, dass alle diese Einzelheiten, die von keiner Erinnerung festgehalten werden, ein Leben ausmachen, jenes Leben, das die beiden Liebenden wirklich teilten und das als Erstes dazu verdammt war, in Vergessenheit zu geraten.

Die Erinnerung daran, »wie das Wetter war«, verbarg auch eine andere Nacht, die hypnotische Windstille, die drückende Ruhe eines Sturms, der nicht losbricht. Sie verlassen das Haus, überqueren die Gleise, lassen das Dorf hinter sich, das starr in der Dunkelheit steht wie Kulissen in einem geschlossenen Theater, und gehen auf einem sandigen Weg in die Steppe. In der Stille kann man jeden Schritt hören, und wenn sie stehen bleiben, raschelt das dürre Gras unter ihren Füßen. Umgeben von einem Hitzeschleier, scheinen die Sterne lebhafter zu funkeln, weniger streng zu sein für ein kurzes Menschenleben. Einmal richten sich die gekreuzten Stahlträger einer Panzersperre vor ihnen auf. Sie berühren die in der Dunkelheit aufragenden Schienenstücke. Das Metall ist noch warm von der Hitze des Tages. In der nächtlichen Erstarrung sieht die lange Reihe dieser Kreuzverstrebungen aus wie die Überreste eines vergangenen, längst vergessenen Kriegs. Sie sprechen nicht darüber, jeder weiß, was der andere jetzt denkt: Es ist die künftige Verteidigungslinie, die bereits hinter der Wolga liegt, da man offenbar davon ausgeht, dass der Krieg den Fluss überqueren, das linke Wolgaufer versengen und Stalingrad einschnüren wird. Sie denken es, und doch kommt es ihnen vor, als stammten die zusammengeschweißten Stahlgebilde aus einer früheren Epoche, die nichts mit dieser Nacht zu tun hat.

Schweigend gehen sie weiter, spüren geradezu körperlich, wie die Bindungen zu den Häusern des Dorfs, zum Wirrwarr der Schienenstränge des Rangierbahnhofs und zu ihrem Leben dort immer mehr abreißen. Es gibt nur noch den kreidigen Schimmer des Wegs, den bläulichen Schein der lautlos in der Dunkelheit zuckenden Blitze, und plötzlich tut sich vor ihnen der Abgrund des Nachthimmels auf, die schwarze Wasseroberfläche, auf der die Sterne schwimmen.
Es ist einer dieser Flussarme, die im Frühjahr durch die Schneeschmelze entstehen und während der sommerlichen Dürre in ein paar Zügen von der Sonne geschluckt werden. Jetzt hat das flüchtige Gewässer gerade seinen höchsten Stand erreicht. Randvoll steht das Wasser an seinem vergänglichen Ufer, und der Lehmgeruch scheint seit jeher in der Luft zu liegen. Beim Eintauchen ins Wasser wird man von langen, tief verwurzelten Seerosenstängeln gestreift.
Sie baden eine ganze Stunde in diesem trägen Fluss, lassen sich mehr treiben, als dass sie schwimmen, und verharren schließlich in der Mitte des weiten, flachen Gewässers. Während der lang andauernden Blitze des Wetterleuchtens können sie sich sehen, kann er diese Frau betrachten, ihr nasses Haar, ihre Hände, mit denen sie sich das Haar aus dem Gesicht streicht, während sie mit zurückgeworfenem Kopf zu den Sternen sieht. Und die geschlossenen Augen der Frau. Und die auf der Böschung ausgestreckte Frau, die auf dem sehr feinen, sehr glatten Boden liegt, der aus der Tiefe erwärmt wird.
»Wenn es diesen Krieg nicht gegeben hätte, wäre ich dir nie begegnet …« Die Stimme des Mannes ist sehr nahe, wie ins Ohr geflüstert, und zugleich verliert sie sich in der Weite der Steppe. Wahrscheinlich hört man sie noch am

Horizont, wo das Wetterleuchten flackert. »Nein, eigentlich wollte ich etwas anderes sagen«, fährt er fort. »Weißt du, diese Ebene, der Fluss, die Nacht, das alles ist so einfach, mehr brauchen wir eigentlich gar nicht. Niemand braucht mehr. Und trotzdem wird der Krieg bis hierher kommen …« Er verstummt, spürt die Hand der Frau auf seinem Arm. Ein Vogel fliegt vorbei, man hört ihn leise durch die Luft gleiten. Es kommt ihnen vor, als hätte der nahe Krieg die Steppen schon durchquert, zerstört, getötet und sich schließlich in nichts aufgelöst. Bald wird er sie eingeholt haben, das ist sicher, und dennoch schaut ein Teil von ihnen schon zurück, erlebt eine Nacht, in der die erst vor kurzem aufgestellten Panzersperren nur noch rostige Zeugen einer vergangenen Zeit sind. In der es nur das lautlose Flimmern des Horizonts gibt und diesen Stern in einem Fußabdruck, gefüllt mit Wasser, das träumerische Gesicht der Frau, die zärtliche Berührung ihrer nassen Haarspitzen. Eine endlos lange Nachkriegsnacht.

In ihrem Leben, das etwas länger als eine Woche dauerte, gab es auch einen Vormittag, an dem man im Nebel nichts sah. Kein Flugzeug war am Himmel, keine Bombardierung drohte, die Züge fuhren mit schlafwandlerischer Langsamkeit durch den Bahnhof. Die Frauen, die zusammen mit Alexandra arbeiteten, hatten sie gehen lassen, hatten sie fast gezwungen, sich diesen Vormittag freizunehmen, denn sie hatten mitbekommen oder erraten, dass es ihr letzter gemeinsamer Morgen sein würde.
Es war kalt, fast wie an einem Herbsttag. Ein kühler, nebliger Tag im Mai. Sie gingen an einem Feld entlang und durch ein Dorf, dessen Bewohner bereits evakuiert worden waren. Obwohl man den Fluss im Nebel nicht sah, spürte man seine Nähe durch das dumpfe Echo im Nichts und

den Geruch nach Schilf. Ein Vormittag in ihrem gemeinsamen Leben … Sie fühlten, dass jetzt der Zeitpunkt gekommen war, um sich die ernsten, endgültigen Dinge zu sagen, Worte des Abschieds und der Hoffnung, doch alles, was ihnen einfiel, schien plump und sinnlos. Sie hätten zugeben müssen, dass diese Woche eine lange Liebesgeschichte war. Dass die Zeit verschwunden war. Dass das kommende Leid, die Trennung, der Tod, diese Liebe nicht erschüttern würde. Das hätten sie sagen müssen. Aber sie schwiegen, denn sie waren sich sicher, dass sie fast bis zu den kleinsten Schwingungen des Gefühls dasselbe empfanden.
Unsichtbar, in der Watte des Nebels verborgen, fuhr dicht am Ufer ein Kahn vorbei, man hörte die trägen Ruderschläge, das rhythmische Quietschen der Dollen.

In den gemeinsamen Stunden erzählte Alexandra Jacques Dorme, was ich als Kind erfahren hatte: dass sie 1921 als junge Französin mit dem Roten Kreuz für eine gewisse Zeit, wie sie geglaubt hatte, nach Russland gekommen war und dass eine Rückkehr in dem Maße immer unmöglicher wurde, in dem sich das Land – sehr schnell – vom Rest der Welt abkoppelte.
Eigentlich sprachen sie von vier verschiedenen Ländern: von zwei Russlands und zwei Frankreichs. Denn das Russland, das Jacques Dorme durchquert hatte, dieses von der Niederlage gebrochene Land, kannte Alexandra fast gar nicht. Und ihre Erinnerung an das Frankreich vor dem Ersten Weltkrieg und zu Beginn der zwanziger Jahre war seit langem vom schönen, oft trügerischen Schein einer erträumten Heimat geprägt. Er hatte ein anderes Land erlebt.
Einmal gerieten die beiden Franzosen aufgrund einer Nachrichtenmeldung im Radio aneinander.

An jenem Tag hatten sie zusammen gefrühstückt. Wenn gerade keine Züge unter den Fenstern vorbeifuhren und das Brummen der Flugzeuge verstummte, war es wie ein Frühstück in Friedenszeiten bei gutem Frühlingswetter. Sie wollten sich gerade voneinander verabschieden, als Alexandra geheimnisvoll murmelte: »Heute Abend brauche ich deine Hilfe. Keine Angst, es ist nichts Gefährliches. Du musst ein helles Hemd anziehen, deine Schuhe putzen und dich gut rasieren. Es soll eine Überraschung werden …« Er lächelte und versprach, wie aus dem Ei gepellt zu erscheinen. Und in diesem Augenblick hörten sie den Radiosprecher, der ernst und mit metallischer Stimme den Fall der Stadt Kertsch verkündete, von den erbitterten Kämpfen um Sewastopol berichtete … Sie wussten, dass diese Nachricht den baldigen Verlust der Krim bedeutete, den Durchbruch der Deutschen nach Süden, dass der Weg bis zur Wolga frei war. Im Radio hieß es weiter, die Alliierten hätten es nicht eilig, eine »zweite Front« zu eröffnen. Das war vielleicht der Funke im Pulverfass.

Alexandra ergoss sich in beißendem Spott, er erkannte sie kaum wieder. Sie zeigte sich verwundert über die Unbekümmertheit der Amerikaner und die Vorsicht der Engländer, die sich auf ihrem insularen Schlachtschiff verschanzten. Und sie wurde noch bitterer, erklärte, Frankreich sei ihr zuwider wegen der Willensschwäche seiner Generäle, des Verrats seiner Regierung. In ihrer Erinnerung hatte sie zweifelsohne noch die ausgeblutete, aber siegreiche Armee vor Augen, die sie 1919 bei einer Truppenparade gesehen hatte. Die Armee von 1940 hingegen … Sie bezichtigte sie der Feigheit, des Wegsehens, man habe den Frieden durch fragwürdige Kompromisse erkauft.

»Aber wir sind doch besiegt worden …« Jacques Dorme hob nicht die Stimme. Er antwortete wie jemand, der die Argumente des Gesprächspartners akzeptiert und nur das beitragen möchte, was er erlebt hat.

Ich würde nie wissen, was ein französischer Soldat wie er hätte entgegnen können. Erinnerte er an die Schlacht in den Ardennen? An den Krieg in Flandern? Oder etwa an die Luftkämpfe, bei denen seine Fliegerkameraden gefallen waren? Auf alle Fälle klang es wohl wie eine Rechtfertigung. Alexandra fiel ihm ins Wort: »Du wirst mir doch wenigstens zugestehen, dass sich ein Land als Ganzes erheben und die *boches* verjagen könnte, statt sich mit ihnen zu verbünden. Ja, dass ein Land Widerstand leistet. So wie die Russen. Und es zeigt sich ja schon, dass die Deutschen nicht unschlagbar sind. Aber natürlich, wenn man nichts riskiert …«

»Du redest, als wäre der Krieg vorbei, wie Leute, die den Krieg nicht mitgemacht haben«, sagte Jacques Dorme mit ruhiger, vielleicht etwas zu trockener Stimme.

Alexandra war gereizt, schrie beinahe: »Die Leute werden Recht behalten! Denn wenn die Franzosen wirklich entschlossen gekämpft hätten …«

»Wenn sie wirklich entschlossen gekämpft hätten, dann wäre Frankreich heute …«

Jacques Dorme nahm die zusammengefaltete Weltkarte vom Regal, breitete sie zwischen den Frühstückstellern auf dem Tisch aus und wiederholte: »Dann wäre es heute …« Er nahm eine Streichholzschachtel und legte sie auf Frankreich. Sie bedeckte fast das ganze violette Sechseck, nur die Spitze des Finistère und der Alpenrand schauten noch darunter hervor. Dann flog er mit der Streichholzschachtel über Europa und setzte sie auf dem von den Nazis eroberten Gebiet der UdSSR ab. »… viermal so groß …«, sagte er hart. »Und du weißt, ich habe die Verwüstungen in diesem viermal so großen Gebiet gesehen, die Städte, die dem Erdboden gleichgemacht sind, die Straßen voller Leichen. Ich habe dieses ganze vierfache Frankreich durchquert. So viel zur Stärke der deutschen Armee … Und was die Russen angeht – ich habe Russen jeder Art getroffen, sogar einen, der mit den Zähnen ein zerrissenes Telegrafenkabel zusammenhielt, weil seine Arme von Granatsplittern zerfetzt waren, Kupferdraht auf Kupferdraht, und darüber vorschriftsgemäß ein Stück Stoff. Er starb mit zusammengepressten Kiefern … Dieser Krieg kostet die Russen zehn Millionen Menschen, vielleicht sogar mehr. Zehn Millionen Tote, verstehst du? Das sind sämtliche Männer Frankreichs im waffenfähigen Alter …«

Er faltete die Karte zusammen und legte sie ins Regal zurück. Mit ruhiger Stimme, ohne weiter überzeugen zu wollen, fügte er hinzu: »Außerdem hatten wir im Mai 1940 noch keine ›zweite Front‹ …«

Am Abend kam er in einem weißen Hemd mit glatt rasierten Wangen und blank gebürsteten Schuhen. Sie lächelten einander an, vermieden in ihrem Gespräch den Gegenstand des Streits. »Du wirst sehen, es ist eine kleine Überraschung«, wiederholte sie unterwegs. Am Vorabend hatte der Leiter des Lazaretts sie gebeten, an einem Konzert teilzunehmen, das man veranstaltete, bevor alle Verwundeten evakuiert wurden: Die Front rückte näher. Mehrere Sängerinnen würden auftreten und ein Paar – dabei zähle er auf sie –, das Walzer tanzen würde. Die Veranstaltung war vom Lazarett, in dem die Betten keinen Platz mehr ließen, in eine Halle des Eisenbahndepots verlegt worden, aus der man für diesen einen Abend alle Lokomotiven herausgefahren hatte.

Beim Betreten der Halle schreckte sie kurz zurück. Die Überraschung war für sie größer als für ihn. Hunderte von Blicken waren auf die noch leere Bühne gerichtet, zahllose, dicht besetzte Reihen von Männern, alle verschieden und sich doch ähnlich, eine lebendige Masse, die den langen Ziegelbau bis in den hintersten Winkel ausfüllte, wo sie sich im Dunkeln verlor, als ob sie Reihe für Reihe ins Unendliche reichte. Normalerweise begegnete sie diesen Männern nur auf ihren Zimmern, die zwar auch überbelegt waren, aber dort hatten ihre Verstümmelungen und ihr Leiden trotz der Vielzahl noch ein individuelles Gesicht. Hier, in dieser Aneinanderreihung von Schmerz, waren sie für das Auge nur noch eine einheitliche, gequälte Masse, aus der man lauter Köpfe mit bleichen Gesichtern und weißen Verbänden getrieben hatte.
Ein halbes Dutzend Frauen sang im Chor, ohne Begleitung. Die bloßen, hallenden Stimmen schlugen selbst bei fröhlichen Liedern einen allzu gespannten, den Tränen nahen Ton an. Der Beifall war verhalten: Zu viele trugen den Arm in der Schlinge, zu viele hatten nur noch Stümpfe.
Dann waren sie an der Reihe. Eine Krankenschwester stellte einen Stuhl an den Bühnenrand. Zwei Soldaten trugen einen Krüppel ohne Beine auf die Bühne und setzten ihn darauf. Es war ein junger Mann mit flammend rotem Haar und keckem Blick. Man brachte ihm ein Akkordeon. Wie im Traum betraten Alexandra und Jacques Dorme die Bühnenbretter, die nach frisch geschlagenem Holz rochen.
Das Gedächtnis des Körpers zerstreute schnell ihre Befürchtung, sie könnten sich nicht mehr an die Tanzschritte erinnern. Kaum wahrnehmbar zog der Akkordeonspieler den Walzerrhythmus in die Länge, als wollte er

sie so lange wie möglich tanzen sehen. Bei ihren Drehungen sahen sie sein feuriges Haar und diesen herzzerreißenden Gegensatz: ein breites Lächeln, glänzend weiße Zähne und Augen voller Traurigkeit. In kurzen Abständen sahen sie auch die Blicke der Verwundeten, funkensprühende Reihen, die die Tanzenden mit ihren Blicken ansteckten. Ihr Streit vom Vormittag war vergessen. Unter diesen Blicken verbrannten alle Worte, die gefallen waren, zu Asche. Ein Tiefflieger übertönte für einige Sekunden die Musik. Sie drehten sich trotz des Krachs weiter, und als die Musik wieder zu hören war, tauchten sie auf wie aus einer Welle.
Zuletzt hatten sie das Gefühl, allein zu sein, ohne Publikum nur für sich zu tanzen, während sich ihre Gesichter in den Augen des anderen spiegelten. Mehrmals schloss sie die Augen, um die Tränen zu verjagen.

Zwei Tage später war dieser kalte, neblige Morgen, und am Abend reiste er ab. Bevor er in den Zug stieg, mischte er sich schon unter die Mitglieder seiner zukünftigen Fliegerstaffel, in sein neues Leben. Als der Zug anfuhr, schienen die Männer lauter, fröhlicher zu sprechen. Sie entdeckte noch einmal sein Gesicht neben dem eines fröhlichen, kräftigen Kerls, der jemanden auf dem Bahnsteig grüßte, dann verschwanden die Waggons in der düsteren Wand der Nacht …
Als sie nach Hause ging, hörte sie im Innern die Worte, die er bei ihrem Morgenspaziergang am Fluss zu ihr gesagt hatte: »Wenn der Krieg vorbei ist, solltest du trotzdem nach Frankreich zurückkehren … Natürlich lassen sie dich ausreisen. Du wirst die Frau eines Franzosen sein, natürlich nur, falls du bereit bist, mich zu heiraten. Du wirst wieder Französin werden, und ich werde dir meine Stadt und das Haus zeigen, in dem ich geboren bin.«

Sie sprach langsam, hielt immer wieder inne, um dem Wind zu lauschen, der die Steppe schliff, oder einem Vogel zuzusehen, der in den Julihimmel aufstieg. Vielleicht entsprachen diese Unterbrechungen auch den langen Monaten, in denen sie keine Nachricht von Jacques Dorme hatte. Über die Zweige der Weiden und Schwarzerlen hinaus, die uns unter ihrem rauschenden Blätterdach beschützten, ließ ich meine Blick einen schmalen Fluss entlangwandern, von dem ein frischer Hauch zu uns gelangte. Die Böschungen waren von der Hitze rissig geworden, das fast stehende Gewässer wurde zusehends seichter, die Sonne trocknete es langsam aus. Ich stellte mir eine weite Wasserfläche in einem lange zurückliegenden Mai vor, einen nächtlichen See und die beiden Badenden, ihre Silhouetten vor dem bläulichen Himmel eines lautlosen Gewitters.

Es gab nicht mehr viel zu erzählen. Sie sprach nicht über die Schlacht um Stalingrad, denn sie wusste, dass man uns in der Schule einmal im Jahr davon erzählte und dazu auch Veteranen als Zeitzeugen einlud. Ebenso wenig über die Hölle, die sie im Hinterland erlebte, wo man aus kleinen Dörfern riesige Feldlazarette gemacht hatte. Nach Jacques Dormes Abreise erhielt sie in den drei Jahren, in denen er Flugzeuge nach Sibirien flog, vier Briefe von ihm. Sie waren von Hand zu Hand unter reisenden Soldaten weitergereicht worden, bis sie schließlich zu ihr gelangten: Das war die einzige Möglichkeit, aus der Eiswüste, wo seine Fliegerstaffel stationiert war, Briefe zu verschicken, vor allem aber den wachsamen Augen der Spionageabwehr zu entgehen.

Die Arbeit der Piloten auf der »Alaska-Sibirien-Route«, der Alsib, war ein doppeltes Staatsgeheimnis. Während des Krieges musste sie vor den Deutschen geheim gehalten werden. Nach dem Sieg durften die Russen selbst nichts mehr darüber wissen, denn der Kalte Krieg hatte gerade begonnen, und das Volk sollte unter keinen Umständen erfahren, dass die amerikanischen Imperialisten ihren russischen Verbündeten mehr als achttausend Flugzeuge für die Front im Westen geliefert hatten. Alles, was Alexandra wusste, stammte aus diesen vier Briefen, von einem Foto und den Gesprächen mit einem Fliegerkameraden, der sie auf Bitten von Jacques Dorme hin besuchte, wie es die Männer der Fliegerstaffel untereinander vereinbart hatten, um Kontakt zu ihren Angehörigen zu halten. Anfang der fünfziger Jahre hatte sie versucht, in die Region zu reisen, und gehofft, die Stelle zu finden, wo er gestorben war. Sie brachte wenig von der Reise zurück: die Erinnerung an einen kaum zugänglichen Landstrich, der hier und da vom Stacheldraht des Lagersystems durchzogen war, an das vorsichtige Schweigen, die tatsächliche oder vorgetäuschte Ahnungslosigkeit als Antwort auf ihre Fragen.

Dennoch gelang es ihr, mir diese vor der Welt verborgene Luftbrücke so eindringlich zu schildern, dass ich sie mir gut vorstellen, die Flüge fast nacherleben konnte. Von den Reiserouten, die ich in meinem Leben zurückgelegt oder von denen ich geträumt habe, war die Alsib eine der ersten, die sich mir mit ihren Schwindel erregenden Entfernungen eingeprägt hat. Fünftausend Kilometer von Alaska nach

Krasnojarsk in der Mitte Sibiriens, ungefähr zwanzig Flugplätze im Permafrost der Tundra mit Namen, die so geheimnisvoll klangen wie die Stationen einer Forschungsreise: Fairbanks, Nome, Uel-kal, Omolon, Sejmtschan. Die unbändige Kraft der Polarwinde, die die Männer umwarfen und über das Eis schleuderten, wo es nichts gab, an dem sie sich hätten festhalten können. Bei einer Temperatur von minus sechzig Grad schmerzte der Mund, als würde er von Rasiermessern zerschnitten. Die Männer der Fliegerstaffel lösten sich ab, flogen von einem Flughafen zum anderen ohne Ruhetag, sie durften weder krank noch schwach werden, noch wegen schlechten Wetters, magnetischen Stürmen oder Überladung aussetzen. Die Landebahnen waren von Lagerhäftlingen gebaut worden, deren gefrorene Leichen wie Frostbeulen in der gesamten Umgebung verstreut lagen, kleine Hügel, die niemand zählte. Das Einzige, was zählte, war die Anzahl der Flugzeuge, die jeder Pilot geflogen hatte: dreihundert hatte er auf seinem Konto, schrieb Jacques Dorme im September 1944. Und eine verschwiegene Rechnung nennt die Zahl der Piloten, die dabei abstürzten und ums Leben kamen: mehr als hundert, darunter auch er am Neujahrstag 1945.
Was Alexandra aus den Briefen und Gesprächen nicht erfuhr, hat sie wahrscheinlich erahnt. Am 31. Dezember 1944 nahm sie nicht an der Silvesterfeier mit ihren Eisenbahnkollegen teil. Eine hartnäckige, heimtückische Vorahnung hatte sie überfallen. Es war, als wäre dort, an den eisigen Rändern Sibiriens, eine Stimme verstummt, als würde sie nicht mehr antworten. Als einige Monate später ein Freund von Jacques Dorme sie besuchte und ihr die Nachricht überbrachte, wagte sie es nicht, ihm von dieser Vorahnung zu erzählen, aus Angst, er könnte sie für »ein abergläubisches Waschweib« halten. Mir erzählte sie da-

von mit einem traurigen Lächeln, und ich errötete, weil ich mich nicht traute, ihr zu sagen, wie sehr ich ihr glaubte, wie sehr ich ihr jedes Wort glaubte und besonders diese Vorahnung, die mir bewies, mit welcher Kraft sie sich geliebt hatten.
Damals hatte ich noch keine bessere Definition für die Liebe (und wer weiß, ob ich sie heute habe) als dieses stille Gebet, das zwei Menschen miteinander verbindet, die durch den Raum oder den Tod voneinander getrennt sind, und sie in einer fortwährenden Intuition an den Schmerzen und Glücksmomenten des anderen teilhaben lässt.

Der Schmerz bestand an jenem Tag darin, eine schwere Douglas C-47 zu finden, die man schließlich aufgespürt hatte wie ein verletztes Tier, indem man der Blutspur gefolgt war, einer langen, mattbraunen Spur in der Farbe des Flugbenzins, das in dem endlosen Weiß ausgelaufen war, und die trotz des Schneesturms an dem felsigen Bergrücken leuchtete, an dem die Maschine zerschellt war. Eine warme Farbe in einer Welt aus Eis. Mit einem Mal waren Menschen ausgelöscht, an deren Gesichter und Stimmen Jacques Dorme sich noch erinnerte … Wie an den Händedruck des Piloten, der ihm von seinem dreijährigen Sohn in Moskau erzählt hatte, bevor er in die Maschine geklettert war. Ein herzlicher Händedruck.
Die Kälte ließ alles Flüssige in der Maschine erstarren. Das Öl verfestigte sich zu Gelee. Selbst der Stahl wurde zerbrechlich wie Glas. Die Atmosphäre wollte die Flugzeuge ihrer kristallinen Substanz einverleiben. Die Piloten flogen dicht an der Zone, die alle Kälterekorde auf der Erde brach: »Minus zweiundsiebzig Grad!«, hatte der russische Flugzeugmechaniker Jacques Dorme mit einem Anflug von Stolz verkündet.

Das Glück bestand darin, eine Technik zu erlernen, um mit dem Panzer aus Eis fertig zu werden, der während des Flugs immer dicker wurde und mit der Zeit das ganze Flugzeug ummantelte. In regelmäßigen Abständen musste die Drehzahl des Motors verändert werden, damit durch die wechselnden Vibrationen die Eisschicht aufsprang.
Das Glück bestand darin, dass zehn Flugzeuge mehr nach Stalingrad unterwegs waren, wo der Ausgang der Schlacht vielleicht davon abhing, ob diese zehn Maschinen rechtzeitig ankamen. Oder auch nur der eine Jäger, den er flog, eine Aircobra, die – sibirische Entfernungen verlangten dies – mit einem Zusatztank von sechshundert Litern an ihrem Rumpf beschwert war. Er machte sich nichts vor, wusste genau, dass in dem monströsen Stellungskrieg zwischen den beiden Armeen, zwischen den Millionen Soldaten, die sich in Stalingrad gegenseitig umbrachten, diese Blechbüchse mit Propeller kein großes Gewicht haben würde. Dennoch hatte er bei jeder Überführung das sichere Gefühl, dieses Flugzeug würde die Zerstörung eines alten Holzhauses verhindern, unter dessen Fenstern eine Vogelkirsche ihre Zweige ausbreitete.

Im April 1944 wurde er zum »Leader« ernannt, wie es im Fliegerjargon hieß. Seitdem führte er im Cockpit eines Bombers – einer Boston oder einer Boeing 25 – eine Flotte von zehn oder fünfzehn Aircobras an und fühlte nun erst recht, welches Gewicht diese kleinen Staffeln für den Krieg hatten.
Das Glück bestand nun im Vertrauen, das die anderen zu ihm hatten, im wiederkehrenden Licht der Polarsonne, die sich immer länger zeigte, in der Einsatzbereitschaft des Bodenpersonals, das bei Schneesturm die Landebahnen mit Fichtenzweigen absteckte. Und auch in dem Gedan-

ken, dass diese Flüge am Ende der Welt die Befreiung seines Heimatlands beschleunigen würden.

Eines Tages ereignete sich ein Vorfall, der ihm einen Schock versetzte, wie ihn keine Todesgefahr je hätte auslösen können. Er war gerade gelandet und noch benommen von dem mehrstündigen Flug, als er am Rand des Flugfelds eine Kolonne Häftlinge sah. Seit einer Woche hatten diese Männer von früh am Morgen bis zum Einbruch der Dunkelheit gearbeitet, das Eis aufgehackt, Stahlplatten verlegt, neue Landebahnen geschottert. An diesem Abend gingen sie im Gänsemarsch zwischen den Schneeverwehungen davon, umstellt von Wachmännern, die ihre Maschinenpistolen auf diese fast erfrorene, vor Erschöpfung taumelnde Menschenmasse richtete. Jacques Dorme sah ihnen hinterher, suchte die Blicke der anderen Piloten, doch die wandten sich ab, liefen eilig zu einer Baracke, um geschützt vor dem Wind zu essen … Er wollte gerade eintreten, als eine Maschinenpistole losratterte. Er hatte genau gesehen, was passiert war. Ein Häftling hatte den Halt unter den Füßen verloren und war, um nicht zu stürzen, einen Schritt aus der Reihe ausgeschert. Der Wachmann schoss, ohne zu zögern, der Schuldige brach zusammen, die Kolonne blieb einen Augenblick wie erstarrt stehen, dann nahmen die Männer ihren schleppenden Gang wieder auf. Jacques Dorme stürzte zu dem Wachposten, stieß ihn an, schrie ihm seine Meinung ins Gesicht. Eine gleichgültige Stimme antwortete: »Vollzug nach Vorschrift.« Dann, leiser, voll Hass und Misstrauen: »Soll ich dir in die Eier schießen?« Ein Pilot packte Jacques Dorme am Arm und zog ihn entschlossen zur Fliegerstaffel.
Während sie aßen, spürte er, dass ihre Stimmen falsch klangen, weil sie nicht zugeben konnten, was sie gesehen

hatten, und weil sie sich schämten. Sich auch dafür schämten, dass ein Ausländer dies gesehen hatte. Die einzige Wahrheit, die er bei diesem Abendessen erfuhr, war die »Vorschrift«, Sätze, die vor dem Abmarsch der Häftlingskolonne von den Wachposten mechanisch heruntergespult wurden: »Ein Schritt nach links oder rechts, und es wird ohne Vorwarnung geschossen.«

In der Nacht, als er im dunklen Rumpf einer Douglas saß, die seine Staffel zu ihrer Basis zurückbrachte, konnte er nicht schlafen und musste immer wieder an dieses seltsame Land denken, dessen Sprache er bereits gut beherrschte, das er schon so gut zu kennen glaubte und das er doch nicht verstand, das er manchmal einfach nicht verstehen wollte. Er verglich es mit Frankreich und kam dabei auf einen Gedanken, der ihn ratlos machte. Auch Russland war besetzt – wie Frankreich. Aber es war schlimmer dran als Frankreich, denn es war von innen besetzt, von dem Regime, das an der Macht war, von dem Geist, der diese Vorschrift ausgab: »Ein Schritt nach links oder rechts, und …«

Die Erinnerung an diese Hinrichtung vergällte ihm die kleinen Freuden, die er zuvor gehabt hatte: das milde, bläuliche Licht auf dem Armaturenbrett der Boston, das sehr viel angenehmer war als die grelle Beleuchtung in den russischen Maschinen, der fast überflüssige Komfort im Cockpit, ein tadellos funktionierendes Fahrwerk bei der Landung. Beim Landeanflug musste er jetzt immer an die Häftlingskolonne denken und an den Gefangenen, der auf dem vereisten Pfad gestrauchelt war.

Ende August 1944 erinnerte er sich wieder an ihn, aber unter anderen Umständen. Nachdem sie erfahren hatten, dass Paris befreit worden war, feierten ihn seine Kamera-

den, Piloten und Mechaniker, vom frühen Morgen an. Während er ihre Glückwünsche entgegennahm, fragte sich Jacques Dorme, was sie über Frankreich wussten. In ihren Äußerungen tauchten immer wieder die Commune, Maurice Thorez und der falsch ausgesprochene Name – im Russischen gibt es keine Nasale – des geschmähten Marschall Pétain auf. Er versuchte nicht einmal eine Erklärung abzugeben, sondern fühlte endlich die Last der Niederlage Frankreichs von sich abfallen, die ihm in manchen Gesprächen persönlich aufgebürdet zu werden schien. Jetzt freuten sich alle: Wenn Hitler erst einmal weg wäre, würde auch das französische Volk mit den Kapitalisten abrechnen und den Kommunismus einführen. Ein wenig betäubt von den lauten Stimmen, dachte er darüber nach, welche Art von Büchern über Frankreich sie gelesen haben mochten. Alexandras Bericht fiel ihm ein: die Textsammlung, die sie in der Bibliothek jener sibirischen Stadt gefunden hatte, in die sie verbannt worden war. Ins Russische übersetzte Texte französischer Autoren, darunter eine wahre »Hymne an die GPU« …
Der Flug war eintönig, er stellte sich Paris vor, die jubelnde Menschenmenge, die bei schönem Sommerwetter weit geöffneten Fenster. Vor allem die Caféterrassen, die vielen Gäste an den Tischen, die lebhaften Gespräche, die Unbeschwertheit, kurze Satzbrocken, schnelle Blickwechsel, die verstohlenen Berührungen … Unter den Flügeln der Boston sah er durch eine dünne Wolkenschicht die Bergkämme der endlosen Kolyma-Hochebene aufragen, die noch grün und von fließenden Wasserläufen durchzogen war. In ein paar Tagen wird alles weiß, alles Leben verschwunden sein, dachte er. Dann würden nur noch die aufgereihten Rechtecke, die Baracken und die Wachtürme eines Lagers zu sehen sein, diese treuen Anhaltspunkte für

die Piloten über dieser unendlich großen, orientierungslosen Bergwelt. Die einzigen Markierungszeichen waren die vielen Tausend Menschenleben, die in diesem Nichts in Lagern zusammengezogen waren. Er kehrte in Gedanken wieder an die kleinen runden Tische auf den Caféterrassen zurück. Auch der Verfasser jener »Hymne an die GPU« saß jetzt, in diesem Augenblick, wahrscheinlich an einem der Tische, unterhielt sich mit einer Frau, bestellte Kaffee oder Wein, kommentierte die Vergangenheit, schimpfte über die Gegenwart und zitierte überschwänglich die Zukunft herbei. Plötzlich begriff Jacques Dorme, dass man diesem Autor niemals von der unendlichen Weite würde erzählen können, die sich unter den Tragflächen seines Flugzeugs erstreckte, auch nicht von der Vorschrift »Ein Schritt nach links oder rechts, und …« oder vom Tod des Häftlings, der gestolpert war … Nein, das war undenkbar. Er fühlte, wie sich seine Kiefer verkrampften und erstarrten. Dort, an ihren Cafétischen, sprachen sie eine andere Sprache.
Auf diesem Flug fühlte sich Jacques Dorme dem Land, in dem er geboren war, zum ersten Mal fremd.

Er erkannte den Mann in der schwarzen Lederkluft nicht sofort. Zumal er dem kleinen Inquisitor, der Witold umgebracht hatte, kaum ähnlich sah. Und noch weniger dem zweiten, jenem dicken Hysteriker, der ein überladenes Flugzeug in die Luft beordert hatte. Dieser Typus hatte grassiert, solange der Krieg verloren schien. Sie hatten mehr Angst gehabt als die Soldaten, die sie bedrohten. Der Mann, den Jacques Dorme im Dezember 1944 sah, besaß schon die Selbstsicherheit des Siegers. Er war klein und mager wie der erste, doch sein Ledermantel war mit einem schwarzen Pelz gefüttert. Er schüttelte den Reif vom Revers ab, der von einem Propeller auf ihn herabgeschneit war, als er, keiner verstand warum, dessen Eigenschaften erklärt haben wollte. Seine Neugier weckte schlimmste Befürchtungen. Die Piloten kamen sich vor wie in einem Verhör, bei dem man sie mit Fragen verwirren wollte, die sie mühelos beantworten konnten. Manchmal lächelte der Mann, und Jacques Dorme bemerkte, dass im selben Augenblick das Lächeln von den anderen Gesichtern verschwand.

Der Mann inspizierte die Flugzeuge, stellte seltsame Fragen, die sinnlos gewesen wären, hätten sie nicht diesen doppelten Boden gehabt. Bevor er eine Antwort ganz gehört hatte, ging er lächelnd schon zur nächsten Frage über. Jeder bekam mit, dass er gekommen war, weil der Krieg zu Ende ging und man in Moskau das Bedürfnis hatte, in Erinnerung zu bringen, wer hier der Chef war. Allerdings konnten die Piloten noch nicht ahnen, dass die Amerikaner, die diese zahllosen Douglas, Boeings und Aircobras lieferten, bald wieder zu Feinden werden sollten und dass deshalb alle, die an dieser Luftbrücke beteiligt waren, verdächtig sein würden. Der Mann in der schwarzen Lederkluft war gekommen, um die Fehlgeleiteten ausfindig zu machen und einer ideologischen Ansteckung vorzubeugen.

Zum Abschluss seiner Inspektion rief er die Funktionäre des Stützpunkts und die »Leader« der Fliegerstaffeln zusammen. Er sprach vom Erlahmen der kommunistischen Disziplin, von der nachlassenden Wachsamkeit gegenüber dem Klassenfeind, vor allem aber prangerte er schwere Irrtümer bei der Organisation der Flüge an. »Mit Billigung der Kommandeure herrschte hier bislang totale Anarchie«, rief er in hämmernden Tonfall. »Bomber wurden in denselben Gruppen geflogen wie Jagdflieger und

Transportflugzeuge. Ich fordere euch auf, diese Unordnung zu beseitigen. Jagdflieger fliegen mit Jagdfliegern, Bomber mit …«
Die Piloten tauschten kurze Blicke, rieben sich die Stirn. Man hoffte insgeheim, der Mann in Leder würde auf einmal zu lachen beginnen und sich über seinen gelungenen Witz freuen: »Da habe ich euch aber drangekriegt! Haha!« Doch er blieb bei seinem anklagenden, metallischen Tonfall. Als er auf die Flugrouten bei den Überführungen zu sprechen kam, die angeblich falsch ausgelegt waren, meldete sich, wenn auch etwas spät, weil er sich erst dazu durchringen musste, einer der Piloten zu Wort: »Genosse Inspektor, bedenken Sie, eine Boston kann Verbindungen …« Er wollte sagen, dass ein Bomber mit besseren Navigationshilfen ausgestattet war als ein Jagdflugzeug. Der Mann in der Lederkluft senkte die Stimme, flüsterte fast, und sein bedrohliches Zischen schnitt dem Piloten wirkungsvoller den Satz ab, als es ein Schrei getan hätte: »Wie ich sehe, Genosse Oberleutnant, waren Ihnen die Kontakte zu der kapitalistischen Welt bereits sehr nützlich …«
Für Sekunden herrschte bedrückende Stille, man hörte nur den Schneesturm gegen die Fensterscheiben peitschen und das Knirschen des Schotters, den Häftlinge gerade auf eine Piste schütteten. Am ganzen Körper, überall auf der Haut, spürte Jacques Dorme, wie durchlässig die Grenze war, die in diesem Land einen freien Mann wie diesen Piloten – er war verstummt und richtete den Blick auf seine großen Hände auf dem Tisch – von jenen Häftlingen trennte, deren Identität nur noch aus der Nummer bestand, die auf ihre wattierten Jacken genäht war.
»Auf diese Kontakte werden wir nach dem Sieg zurückkommen«, fuhr der Inspekteur fort. »Jetzt gilt es erst einmal, Ordnung in dieses Durcheinander zu bringen. Hier

ist die Karte, die Ihnen die direkten Verbindungen zwischen den Flugplätzen zeigt. Von heute an werden Sie nicht mehr über Sejmtschan, sondern über Syrjanka fliegen. Die Strecke ist einige hundert Kilometer kürzer, entsprechend geringer der Treibstoffverbrauch. Ich frage mich, warum die Führer der Fliegerstaffeln nicht früher darauf gekommen sind. Wenn Ihnen nicht gar die Vertreter Amerikas zu dem längeren Weg …«

Diesmal sagte keiner mehr etwas. Auf der Karte war wie von Schülerhand eine schnurgerade Linie von Alaska durch Sibirien gezogen. Nach dieser geometrischen Logik verlief der direkte Weg näher an Syrjanka vorbei, einem Behelfsflughafen weit im Norden der üblichen Route. Es war eher eine Ausweichstrecke für den Fall, dass die Landebahnen von Sejmtschan im Schneesturm verschwanden. Der Mann in Leder hatte mit dem Bleistift einen Strich durch die Furcht erregenden Bergketten des Tscherski-Gebirges und die arktischen Wüsten gezogen, Gegenden, die noch weniger erforscht waren als diejenigen, die die Alsib überflog … Wieder unter sich, betrachteten die Piloten lange die Karte und die eigensinnige Bleistiftlinie. Die Unsinnigkeit war so offensichtlich, dass sich jedes Wort erübrigte. »Das ist die Parteilinie …«, murmelte der Oberleutnant, der Einwände erhoben hatte.

Sie wussten, dass der Inspektor nicht nach Moskau zurückkehren konnte, ohne feindliche Aktivitäten aufgedeckt und Missstände beseitigt zu haben. Das ganze Land funktionierte nach diesem Muster: denunzieren, anprangern, Rekorde aufstellen, Planzahlen übertreffen. Sogar die Staatssicherheit, die den Inspektor gesandt hatte (die GPU, dachte Jacques Dorme), musste den Plan übertreffen, noch mehr Leute festnehmen als im Monat zuvor, noch mehr erschießen …

Sie besprachen kurz die Zusammensetzung der Flüge für den kommenden Tag, dann gingen sie schlafen. Draußen, in der schwarzen Polarnacht, gruben die Häftlinge weiter eine neue Landebahn in die gefrorene Erde.

Nach einer Flugstunde sandte Jacques Dorme seiner Fliegerstaffel die folgende Nachricht: »Folgt der zweiten. Landung in Syr. unmöglich. Ziel Sejm.« In der Nacht zuvor war es ihm gelungen, seine Piloten davon zu überzeugen, dass es die beste Lösung war, wie immer Sejmtschan anzufliegen. Er würde allein nach Syrjanka fliegen und sich von dort bei ihrem Fliegerstützpunkt melden. Der Inspektor, der am nächsten Tag abreiste, würde keine Zeit für Nachforschungen haben.
Er drehte langsam nach rechts ab und sah in der aschfarbenen Dämmerung die Fluglichter der Aircobras, die Kurs nach Süden hielten.

Die Minuten verstrichen, langsam verschmolzen der Mann und seine Maschine, gingen die stählernen Stöße und sein Pulsschlag synchron. Der Körper des Piloten öffnete sich der Maschine, ging auf im Takt des Motors in seinem Rücken, dessen Brummen und Vibrieren sich von Zeit zu Zeit den Flugbedingungen anpasste. Sein Blick verlor sich in der grauen Eintönigkeit dieses Tages, an dem die Sonne nicht aufging, dann kehrte er zum leuchtenden Punktmuster auf dem Armaturenbrett zurück. Der Mann war zugleich von den Vorgängen in der Pilotenkanzel sehr beansprucht und völlig abwesend. Oder vielmehr war er in Gedanken woanders, weit weg von diesem aschfarbenen Himmel und dem Tscherski-Gebirge, das allmählich seine Eiswüsten vor ihm auftürmte. Das Anderswo bestand aus einer Frauenstimme, aus Momenten des

Schweigens, aus der Ruhe eines Hauses, einer Zeit, in der er sich immerzu gegenwärtig fühlte. Diese Zeit entfaltete sich fern von dem, was im Flugzeug und um das Flugzeug herum vorging. Der starke Wind zwang ihn zu manövrieren, die Vereisungen behinderten seine Sicht. Irgendwann war klar, dass die Landebahn von Syrjanka weiter nordöstlich lag und dass er, auf die Gefahr hin, an einem Berghang hängen zu bleiben, tiefer fliegen musste, dass er aufpassen und sich konzentrieren musste, nicht in Panik geraten durfte. Diese Ferne, die er in sich spürte, verlieh ihm die Kraft, Ruhe zu bewahren, zu verhindern, dass die Maschine zu trudeln begann, wofür die Aircobra anfällig war, und nicht jeden Augenblick die Tankanzeige zu überprüfen. Es gelang ihm, mehr zu sein als ein Mann, der um jeden Preis sein Leben retten will.

Er behielt das Gefühl, woanders zu sein, bis zum Schluss, bis der violette Schein des Polarfeuers den ganzen Himmel einnahm.

Als wir den Heimweg einschlugen, beendete Alexandra ihre Erzählung. Über der Steppe dämmerte es bereits. Sie schilderte ihre Reise zu den alten Flugplätzen der Alsib, die nach dem Krieg zum größten Teil aufgegeben worden waren, und zu diesem Gipfel im Süden des Tscherski-Gebirges, drei Felsspitzen nebeneinander, die von den Einheimischen »Dreizack« genannt wurden und zu denen sie nicht vordringen konnte.
Ich ging durch das trockene Gras, dessen endloses Hin und Her im Wind durch den gleichmäßigen Wechsel zwischen den blassen gelblila und goldenen Tönen das Auge fesselte. Die Einzelheiten ihrer Reise prägten sich mir ein (was mir ein Vierteljahrhundert später half, die Orte wiederzufinden, von denen sie mir erzählt hatte). Verwundert war ich jedoch über eine andere Tatsache. In voller Größe stand mir ein Mann vor Augen, der mir eine Woche zuvor noch unbekannt gewesen war: Jacques Dorme, dessen Schicksal mir ganz lebendig und strahlend vorkam.
Jeder Blick auf die Menschen und die Welt besitzt seine eigene Wahrheit. Der des Dreizehnjährigen, der durch die Steppe an der Wolga marschierte, traf die Wahrheit nicht weniger als mein Urteil als Erwachsener. Er hatte sogar einen sicheren Vorteil, denn er kannte keine Analyse, kein Schürfen in der Psyche, kein sentimentales Wortgeklingel, er ging von festen Einheiten, einem geschlossenen Ganzen aus.

Das war Jacques Dorme, der mir im Feuer der Abendsonne vor Augen erschien. Ein Mann, geschnitzt aus dem Holz seines Vaterlands, jenem Frankreich, das ich durch meine Lektüre und meine Gespräche mit Alexandra entdeckt hatte. Er verkörperte jene Eigenschaften, die mich ebenso an »den schönsten und reinsten Soldaten des alten Frankreich« erinnerten wie an den Soldaten aus dem Gedicht »Das letzte Karree«, an den verbannten Kaiser, der an Bord des fliegenden Holländers in sein Vaterland zurückkehrte, und an die »vier Edelmänner aus der Guyenne«. Das Korn dieses menschlichen Wesens war sogar noch feiner, ich nahm weniger die Personen und ihre Taten wahr als vielmehr die intensive Ausstrahlung ihres Lebens. Den Geist ihres Tuns. Ihre Seele.

Beweise für das Zutreffen dieser Vision bedurfte es nicht. Meine Gewissheit genügte mir. Sie und auch das Foto, das mir Alexandra zeigte, als wir in ihre Wohnung zurückgekehrt waren. Ein Rechteck mit vergilbten Rändern, das aber die Schärfe und Deutlichkeit von Schwarzweißfotos behalten hatte. Darauf waren zwanzig Piloten in ihren gewendeten Schafsfelljacken und mit schweren Stiefeln aus Rentierleder zu sehen. Die amerikanischen Flieger waren an ihrer leichteren, eleganteren Kleidung zu erkennen, sahen eher aus wie »Hollywood-Piloten«. Auch einige Zivilisten, Funktionäre in dunklen Mänteln, waren darauf. Die Aufnahme war wahrscheinlich nach einem Festakt entstanden, denn in der Ecke des Abzugs war das metallische Glänzen von Blasinstrumenten zu erkennen. Zweifellos hatte eine Militärkapelle gerade die sowjetische und die amerikanische Hymne gespielt … Mit Alexandras Hilfe entdeckte ich Jacques Dorme. Er unterschied sich nicht von den anderen, weder durch sein Aussehen noch durch seine Kleidung (dieselbe dreiviertellange Jacke, dieselben Stiefel). Übrigens hätte ich ihn auch ohne Alexandras Hilfe erkannt. Unter den Piloten, die bereits wieder ihre Plätze verließen, nachdem sie für die Hymnen hatten strammstehen müssen, verharrte er allein noch reglos, mit einem ernsten Gesichtsausdruck und Augen, die in die Ferne blickten. Man hätte meinen können, er höre ein für die anderen unhörbares Lied, eine Hymne, die das Orchester vergessen hatte.

Am nächsten Abend verließ ich Alexandra. Ich musste ins Waisenhaus zurückkehren, das nur noch halb belegt war, und mich auf mein neues Leben vorbereiten. Ich stieg in einen überfüllten Vorstadtzug, und für einige Sekunden gelang es mir noch einmal, Alexandra auf dem von Sommerfrischlern überfüllten Bahnsteig zu entdecken. Sie sah mich nicht, ihre Augen suchten ängstlich die Reihe der Waggonfenster ab. Zögernd winkte sie zum Abschied demjenigen, den sie unter all den Gesichtern nicht entdecken konnte. Sie kam mir um Jahre jünger und zugleich hilflos vor. Ich dachte an einen anderen Abschied, an den Zug, der im Mai 1942 Jacques Dorme in den Osten verfrachtet hatte.
Plötzlich kam mir das Leben dieser Frau wie eine schwere Anklage vor. Oder wenigstens wie ein harter Vorwurf, ein stummer Vorwurf gegen das Land, das ihr Leben so erbarmungslos zerstört hatte. Ein Land, das sich eine blutjunge Frau geschnappt hatte und jetzt auf diesem schmutzigen Bahnsteig eine alte, ratlose Frau verstieß, die zwischen all den gebräunten Gesichtern verloren war. Zum ersten Mal in meinem Leben glaubte ich, dass sich dieser Vorwurf auch gegen mich richtete, dass ich auf eine Art, die nur schwer zu beschreiben ist, mitverantwortlich war für dieses lange einsame Dasein in großer Not, vergessen in

einem uralten Gebäude, in einem von Bahngleisen aufgespießten Dorf am Rand unbewohnter Steppen. Nach allem, was sie für dieses Land getan, geopfert und gelitten hatte … Die Menschen, die mit Lattenkisten voller Gemüse aus ihren Gärten dicht aneinander gedrängt im Zug um mich herumstanden, hatten friedliche Gesichter, die von einem alltäglichen, selbstverständlichen Glück zeugten. Dem einfachen Glück, das sie nie erlebt hat, dachte ich, während ich sie beobachtete. Ich meinte keine große Glückseligkeit, sondern das einfache, ungetrübte Glück der Tage, ein Familienleben im behaglichen und überschaubaren Kreis der kleinen Dinge des Lebens.

Seit jenem Abend hatte ich mir vorgenommen, ihr Leben neu zu erfinden, als ob ich durch meinen Traum das Leid hätte auslöschen können, das mein Land ihr zugefügt hatte. Die Marotte aus dem Waisenhaus, unseren gefallenen Vätern ein anderes Schicksal zu geben, half mir sehr dabei. Es hätte nicht viel gefehlt, und ihr Ehemann wäre nicht erschossen worden (wie oft hatte ich von diesen wie durch ein Wunder davongekommenen Verurteilten der Stalinzeit gehört), stattdessen hätten sie Kinder gehabt und nicht in jenem alten schwarzen Haus gelebt, sondern zum Beispiel hier – und dabei schaute ich auf eine schöne Fassade mit Balkons, die von hübschen Zierleisten umrahmt waren. Sie hätte nicht einem kleinen Barbaren wie mir vorgelesen, sondern einem zarten und sensiblen Kind, ihrem Enkel, und vielleicht auch ihrer Enkelin, zwei Kindern, die mit staunenden Augen zugehört hätten.
Die Wirklichkeit warf diese Träume über den Haufen. Aber sie waren mir dennoch sehr wichtig, denn ich dachte, dass ich Alexandra in diesem wieder auferstehenden Leben wenigstens ihren richtigen Vornamen wieder-

geben könnte. Und auch ihre Sprache, in der sie manchmal, wenn sie französisch mit mir sprach, ein Wort, einen Ausdruck vergessen hatte, nach dem sie verzweifelt und mit einem Hauch von Traurigkeit im Blick suchte. Ich erriet, dass es sich dabei nicht um bloße Vergesslichkeit oder eine altersbedingte Gedächtnisschwäche handelte. Nein, es bedeutete einen absoluten Verlust, den Verlust einer ganzen Welt, ihrer Heimat, die Wort für Wort in den verschneiten Steppen ausgelöscht wurde, wo sie niemand gehabt hatte, mit dem sie in ihrer Sprache hätte sprechen können.

7

Als ich in der Heimatstadt von Jacques Dorme ankam, fühlte ich mich nicht fremd. In Paris hatte ich in der Rue Myrha gewohnt, die sich quer durch Barbès zieht, ein Viertel, in dem dicht gedrängt fast nur Afrikaner leben. Ich hatte auch schon in Aubervilliers gewohnt, dann am Rand von Montreuil und später in Belleville, wo ich die Fremdartigkeit des neuen Landes schließlich nicht mehr spürte.

Jene Kleinstadt im Norden war typisch für dieses Land. Das schmucke Rathaus auf dem gepflegten Platz ähnelte den alten Pariserinnen, denen man manchmal in der Umgebung von Barbès begegnete: Wie Überlebende aus einer anderen Epoche trippelten sie sorgfältig gekleidet und gekämmt unerschrocken durch die bunte Mischung von Menschen aus den geschundenen Kontinenten …

Die beschützte Insel des Rathauses war übrigens sehr klein. Die anfangs schöne Hauptstraße verkam zusehends, von den Fassaden bröckelte der Putz, die Fenster waren mit Bindern abgedichtet. Die Auslage einer Konditorei war von zahllosen Einschlägen durchlöchert, man hatte sie notdürftig mit Speerholz ausgebessert. Ein Schild verkündete: »Geschlossen – Wir haben die Schnauze voll!« Ich sah auf meinen Stadtplan und bog nach links ab.

Jacques Dormes Bruder hatte mir am Telefon geraten, am Bahnhof ein Taxi zu nehmen: »Es ist etwas weit, wir wohnen am Stadtrand …« Doch ich hatte das Bedürfnis zu gehen, die Stadt zu sehen, mir vorzustellen, wie sie wohl vor einem halben Jahrhundert ausgesehen haben mochte. Der Gedanke, aus einem Taxi zu steigen, an der Tür zu klingeln und einzutreten wie ein Ortsansässiger, gefiel mir nicht.

Ein Motorroller raste mit Vollgas an mir vorbei, streifte mich, fuhr Slalom zwischen umgeworfenen Mülltonnen. Eine Bierflasche rollte gegen meine Füße, ob gezielt oder nicht, konnte ich nicht feststellen. Das Schild mit dem Straßennamen war rot beschmiert und nur schwer zu entziffern: Henri Barbusse. An einer Wäscheleine unter einem eingeworfenen Fenster schaukelten Stofffetzen im Wind. Eine blaue Plastiktüte ersetzte die Scheibe: ein überraschender Farbtupfen an einer graubraunen Wand. Dagegen wirkte ein Fenster im Erdgeschoss mit seinem Blumenschmuck und den hellen Vorhängen geradezu befremdlich. Und im fahlen Dezemberlicht sah ich eine alte Hand die Fensterläden zuziehen, ein faltiges Gesicht und einen Schimmer weißen Haars, einen Blick, der meinen erwiderte: Vielleicht hatte die alte Frau schon zu Zeiten Jacques Dormes hier gewohnt.

Mit den Dächern leerer Lagerhallen und stillgelegter Autowerkstätten verflachte die Stadt immer mehr, zerbröselte in kleine, baufällige Häuser. Dann kamen moderne Wohnanlagen in Sicht, die aussahen, als hätte man nur darauf gewartet, dass die Stadt ausblutete, um diese Hochhäuser und, dazwischen, vier- bis fünfstöckigen Wohnblocks zu errichten. Unwillkürlich verglich ich sie mit den Vorstädten von Moskau und fand die Häuser hier viel besser ausgestattet und in ihrer Architektur dem Menschen gemäßer … In diesem Augenblick erblickte ich einen verbrannten Eingang, der aussah wie die Klappe eines riesi-

gen Ofens, und eine Reihe Briefkästen, die jemand auf einen Rasen voller Müllsäcke geworfen hatte. Die Menschen, denen ich begegnete, schienen es eilig zu haben, nach Hause zu kommen. Sie wichen mir aus, sobald ich sie ansprechen wollte, um sie nach dem Weg zu fragen. Zwei Frauen, eine sehr alt mit einem Gesicht, das von blauen Adern durchzogen war, die andere jung mit Kopftuch, waren bereit, mir zuzuhören, und musterten mich verblüfft, als ob der Ort, den ich suchte, mit irgendeinem Bann belegt wäre. Die Junge wies mir ungefähr die Richtung, und ich sah, wie sie sich nach mir umdrehte und mir ungläubig nachblickte.
Die Einfamilienhaus-Siedlung war von den neuen Wohnungen durch die Avenue de l'Égalité getrennt, die sich an einer löchrigen, schwärzlichen Mauer entlangzog. Erst als ich vor dem Eingang stand, erkannte ich, dass es sich um einen Friedhof handelte. Ein Türflügel war herausgerissen und hing nur noch in der oberen Türangel. Ich trat für einen kurzen Moment ein und warf lediglich einen Blick auf die ersten Gräber. Auf einer kleinen Stele stand der »Verdun-Block«. Die Kreuze hatten die Form eines Schwerts: Sie waren alle so verrostet, dass man keine Namen mehr darauf lesen konnte, einige waren abgebrochen, lagen zwischen Glasscherben, alten Zeitungen und Hundehaufen herum. Vor dem Eingang fuhr ein Wagen vorbei, aus dem ein skandiertes Brüllen ertönte, das herausfordernde Geschrei eines Sängers. Dann trat wieder Stille ein, vertieft durch das Rascheln der kahlen Zweige.

Ich wollte, nachdem ich um den Friedhof herumgegangen war, gerade einen der Wege in die Vorstadtsiedlung einschlagen, als ich das andere Auto sah. Es war umringt von sechs oder sieben Jugendlichen, oder vielmehr in einer engen Kurve von ihnen eingekeilt. Kein Überfall im eigentlichen Sinne. Sie traten gegen die Karosserie, kletterten lachend auf das Verdeck, rüttelten an den Türgriffen. Der Fahrer, der versucht hatte, auszusteigen, um sie zu vertreiben, war gezwungen, in gebückter Haltung, halb sitzend, halb stehend, zu verharren, weil sie ihm seinen Fuß mit der Fahrertür einklemmten. Mit einer Bierflasche in der Hand gurgelte einer der Angreifer und prustete den Schaum ins Auto.

Vielleicht war es dieses Anspeien, was mich dazu brachte, auf die Gruppe zuzugehen. Ich sah den Fuß des Fahrers, einen feinen schwarzen Lederschuh, einen Kniestrumpf und die sehr fahle Haut, die unter der von der Kante der Wagentür hochgeschobenen Hose hervorschaute – die von dunklen Venen durchzogene Haut eines alten Mannes. Ich hatte nicht die Absicht, den Helden zu spielen, aber auf einmal konnte ich den Anblick dieses alten Fußes, der auf lächerliche Weise auf dem Asphalt scharrte, nicht mehr ertragen. Die Sache wäre im übrigen sicher völlig anders ausgegangen, wären nicht im selben Moment plötzlich zwei Motorroller hinter der Friedhofsmauer aufgetaucht, um sich im Flechtwerk der kleinen Straßen ein Rennen zu liefern. Vier der Jugendlichen, die bei dem Auto gestanden hatten, rannten hinterher, um die wilde Verfolgungsjagd zu sehen, zwei blieben, weil sie die Belästigung des Autofahrers unterhaltsamer fanden.

Einer von ihnen bespuckte weiterhin den Wagen und lachte sich halbtot dabei. Der andere drückte mit seinem ganzen Gewicht gegen die Autotür und trommelte mit den Fäusten auf das Dach … Ich schlug mit voller Kraft zu, um den Spuckenden zu Boden zu strecken. Er fiel mit dem Rücken gegen den Wagen, und ich konnte in seinen Augen einen Schimmer von Überraschung sehen, die Verwunderung eines Mannes, der sich für unangreifbar hält. Er wich meinem zweiten Schlag geschickt aus und rannte schreiend davon, drohte, er werde mit seinen »Brüdern« zurückkommen. Dann packte ich den anderen und versuchte, ihn von der Tür wegzuziehen. Er wand sich, stieß Beleidigungen in jenem neuen Französisch hervor, das ich am meisten verabscheute, jener Fäkalsprache, die als Jugendsprache bejubelt wurde. Das Bein des alten Mannes war noch immer eingeklemmt. Ich sah eine zitternde Hand, die fieberhaft versuchte, die Scheibe hochzukurbeln, und auf dem Beifahrersitz eine weibliche Gestalt, die mit sehr zarten Fingern eine Kuchenschachtel umklammerte. Einige Sekunden dieses Ringens waren zweifellos hässlich anzusehen und schienen endlos lange zu dauern. Hässlich wie das hübsche junge Gesicht (Ein hübsches Gesicht und ein schmutziges Maul zugleich, dachte ich später). Endlos lang wie die Sekunden, in denen der junge Kerl vergeblich versuchte, sein Schnappmesser aus der Tasche zu ziehen. Er drückte zu früh auf den Knopf und die Klinge durchbohrte prompt seine Jeans. Ich presste meinen Arm stärker gegen seinen Hals. Seine Stimme begann zu pfeifen, verstummte. Einen Augenblick lang riss er seinen stummen Mund auf, dann trübten sich seine Augen, und in einem tierischen Überlebenswillen begann er, sie hin und her zu rollen. Sein Körper wurde schlaff wie eine Marionette. Ich lockerte meinen Griff und stieß ihn auf den Bürgersteig. Er stolperte, rieb sich dabei die Kehle, zischte mit gebrochener Stimme Beschimpfungen und machte sich davon.

Die Wagentür schlug zu, das Auto fuhr an und bog in einen Weg ein.

Es folgen einige Minuten, in denen ich mit einem Gefühl von Übelkeit umherirre, das sich aus sinnloser Wut und verspäteter Angst zusammensetzt, aus widerlichen Anwandlungen von Angst, die dem Aufheulen der Motorroller in den Straßen folgen. Vor allem aber wird mir klar, dass mein Eingreifen völlig nutzlos war. Ebenso gut könnte ich jetzt mit einem Schnappmesser zwischen den Rippen irgendwo am Straßenrand liegen. Und das würde auch nichts ändern, niemand würde sich darüber wundern bei so vielen ähnlichen Kleinstädten, so vielen ähnlichen Überfällen auf alte Menschen. Dann wendet sich meine Wut gegen den Autofahrer, der so dumm war, mit ihnen diskutieren zu wollen, statt Gas zu geben. Ich fühle mich noch mehr als Außenstehender in diesem Land. Was hatte ich mich hier einzumischen, diese bewaffneten jungen Primaten zurechtzustutzen, als Staatenloser den Staatsbürger zu spielen?
Diese brennenden Gedanken halten mich bei der Suche auf. Irgendwann finde ich die Allee de la Marne, aber ein Haus Nr. 16 scheint es nicht zu geben. Zweimal gehe ich die Straße ab, schaue mir jedes Haus genau an, überzeugt, dass ich es auch ohne Nummer erkennen würde, schließlich ist es ja die Adresse von Jacques Dorme. Aber ausgerechnet diese Hausnummer gibt es nicht. Auch in der anderen Richtung nur einstöckige Bauten, kahle Gärten, der Eindruck, in den Zimmern warte jemand, schon seit sehr langer Zeit. Hier steht ein Garagentor offen, dort auf der anderen Seite, bei Nr. 11, steckt eine alte Frau ihre Hand in den Briefkasten, findet nichts darin und nutzt die Gelegenheit, mich zu mustern. Vielleicht tut sie auch nur so, als wollte sie nach ihrer Post sehen, und beobachtet den seltsamen Fußgänger, der hier auf und ab geht. Um sie nicht zu erschrecken, rufe ich ihr von weitem zu: »Wo ist

denn Haus Nummer sechzehn, Madame?« Sie hat eine auffällig schöne, kräftige Stimme, die einer ehemaligen Sängerin, könnte man meinen: »Aber Monsieur, Sie stehen genau davor. Ja, hinter Ihnen …« Ich drehe mich um, gehe ein paar Schritte. Die offen stehende Garagentür verdeckt das Keramikschild mit der Hausnummer. In der Garage putzt ein Mann mit einem Schwamm die Windschutzscheibe seines Wagens. Ich erkenne ihn sofort: Es ist der alte Mann mit den feinen schwarzen Lederschuhen. Der Bruder von Jacques Dorme, der vor dem Krieg Kapitän werden wollte, den Alexandra in ihren Erzählungen immer »Kapitän« nannte.
Ich stelle mich vor, erinnere ihn an unser Telefongespräch und an meine Briefe. Sein Lächeln kann den Anflug von Bitterkeit nicht ganz auslöschen, der in seinen Falten liegt. Ich weiß nicht, ob er in mir den Mann erkennt, der ihm kurz zuvor zu Hilfe geeilt ist. Anscheinend nicht. Er schließt die Garage, bittet mich ins Haus und stellt mir auf der Treppe eine Frage, die eigentlich völlig normal klingen müsste: »Haben Sie ohne Schwierigkeiten hergefunden? Sind Sie mit dem Taxi gekommen?« Die Frage klingt gar nicht normal, ein leichtes Zittern verrät die innere Spannung, mit der er die Worte ausspricht. Er hat mich also doch erkannt … Als wir im Wohnzimmer sitzen, unterhalten wir uns über die Stadt und vermeiden dabei jegliche Anspielung auf das, was soeben in der Avenue de l'Égalité geschehen ist. Seine Frau kommt herein, reicht mir die Hand, es sind die zarten Finger, die eben noch eine mit Schleife verzierte Pappschachtel umklammert haben. Die asiatische Gleichförmigkeit ihres Gesichtsausdrucks (sie ist Vietnamesin) verrät keinerlei Gefühl. »Ich hole den Tee«, sagt sie mit einem leichten Lächeln und lässt uns allein.

Ich habe nichts Neues zu berichten. In meinem ersten Brief, der gute dreißig Seiten lang war, habe ich mit der Sorgfalt eines Chronisten alles erzählt, was ich über Jacques Dorme, die Alsib und den einwöchigen Aufenthalt des Piloten in Stalingrad weiß. Nein, nicht alles. Wie ein Archäologe wollte ich diese Geschichte der Geschichte ihres Heimatlandes hinzufügen – wie einen Gegenstand des nationalen Kulturerbes, der im Ausland wiederentdeckt und zurückgeführt wird. Ich erzähle von meiner Reise nach Sibirien, von dem Haus »am Rand«, vom Gipfel des Dreizacks … Die Erinnerung an diese Reise, die ich zu Beginn des Jahres unternommen habe (es ist jetzt Dezember), ist noch ganz frisch, ich höre den Wind, die in der Kälte besonders klaren Stimmen. Die Begeisterung, mit der ich erzähle, scheint dem Kapitän jedoch unangenehm zu sein. Er ahnt, worauf ich hinauswill: die Rückführung eines Teils dieser Geschichte, der in den Schneewüsten Ostsibiriens verloren gegangen war. Sein Gesicht zieht sich merklich zusammen, ich spüre, wie er durch mich hindurchsieht in eine Vergangenheit, die plötzlich an diesem Dezembernachmittag in seinem Wohnzimmer wieder auftaucht. Ich missverstehe seine Gefühle und lege die Karten auf den Tisch: Ein Buch, an dem ich gerade arbeite, soll den französischen Piloten vor dem Vergessen bewahren, es soll das Interesse der Journalisten an ihm wecken, und da ich den Ort kenne, an dem er gestorben ist, wäre es möglich, seine sterblichen Überreste nach Frankreich, in seine Heimatstadt zu überführen …
Ich breche ab, als ich sehe, wie sich seine Lippen beim Versuch eines zaghaften Lächelns vor Schmerz verziehen. Seine Stimme klingt nun höher als zuvor, fast schrill: »Nach Frankreich? In seine Heimatstadt? Wozu soll das gut sein? Um ihn auf einem Friedhof zu begraben, der zur

Müllkippe geworden ist? In einer Stadt, in der die Bewohner es nicht mehr wagen, den Fuß vor die Tür zu setzen? Damit er sich das da anhört?«
Ein Auto fährt an den Häusern vorbei, mit der rhythmischen Unterstützung eines Schlagzeugs prasseln die skandierten Zeilen eines Raps ins Haus, dazwischen das Geknatter der Motorroller. Der Kapitän sagt oder vielmehr schreit etwas, aber ich kann ihn nicht hören, und er merkt, dass ich ihn nicht hören kann. Ich habe nur den Schluss des Satzes mitbekommen: »... wo man bespuckt wird ...«
Die Zeit bleibt stehen. Ich betrachte sein bebendes Gesicht, seine schmalen Lippen, auf die er beißt, sein zitterndes Kinn. Ein alter Mann, der mit aller Kraft gegen die Tränen kämpft. Ich bin erstarrt, stumm, völlig unfähig, diese Konfrontation mit dem Schmerz durch eine Geste oder ein Wort zu beenden. Der kleinkarierte Pariser Kritiker, der mich später einmal einen Ausländer schimpfen wird, hat Recht: Ich würde nie ein Franzose werden, denn ich weiß nicht, was man in einer solchen Situation sagen muss. Ich weiß es auf Russisch, aber nicht auf Französisch, und ich will auch gar nicht wissen, was man in diesem Fall in Frankreich sagen würde ... Seine Augen bleiben trocken, sie röten sich nur.
Mit einem jähen Zusammenpressen der Kiefer gelingt es ihm, seine Gesichtsmuskeln wieder zu beherrschen. Seine Wangen sind jetzt ausgehöhlt wie nach einer langen Trauerzeit. Mit brüchiger, dumpfer Stimme hüstelt er mehr, als dass er spricht: »Nein, nein, das ist nicht nötig ... Journalisten, Reden ... Dafür ist es zu spät ... Und, wissen Sie, Jacques war immer sehr zurückhaltend ...« Seine Lippen ziehen sich erneut zusammen. Er steht auf, wendet sich zu den Fotografien an der Wand. Er braucht jetzt einige Se-

kunden, in denen er unbeobachtet ist. Ich stehe ebenfalls auf, bleibe aber hinter ihm und höre mir an, was er zu den Bildern erzählt. Auf einem der Fotos stehen beide Brüder auf der Außentreppe des Hauses. Dieses Hauses, in dieser Stadt. Er spricht, noch immer mit erregter Stimme, die häufig in Höhen ausbricht, die in den Ohren schmerzen. In der Küche klappert das Geschirr. Daran kann er sich festhalten: »Li, ist der Tee fertig?« Im selben Augenblick erscheint seine Frau mit einem Tablett, auf dem die Tassen stehen. Ihr Blick sagt: Ich wollte euch die Möglichkeit geben, euch ungestört von Mann zu Mann zu unterhalten. Ist das so schwer zu verstehen? Er versteht, hilft ihr, das Tablett abzustellen, legt den Arm um ihre Schultern: »Bleib du bei unserem Gast, ich hole den Kuchen …« Er verschwindet in die Küche. Da die Frau mich die Fotos betrachten sieht, nimmt sie den Faden ihres Mannes auf. »Das ist in Saigon …« Ein Pier, die helle Außenwand eines Schiffes und davor sie und er, zwei junge, in Weiß gekleidete Menschen, mit blinzelnden Augen wegen der Sonne. »Hier, das ist im Senegal. Und das da ist bei Ihnen in Odessa, ja, die berühmte Treppe von Eisenstein …« Sie erzählt mir von ihren Reisen nicht wie eine Touristin, sondern als führte sie mich durch die Stationen ihres Lebens. »Li, ich kann die Kuchenschaufel nicht finden!« Sie lächelt mich an, entschuldigt sich, geht zu ihrem Ehemann in die Küche. Ich gehe um die Sessel herum zum anderen Ende des Zimmers. An der Wand hängt ein Porträt: ein junger Mann mit offenem, ernstem Gesicht und einem Schnauzbart. In einer Ecke der Aufnahme steht das Datum: 1913. Der Vater.

Nachdem ich eine Stunde im Elternhaus von Jacques Dorme verbracht habe, bekomme ich den Eindruck, dass

der Abschied kurz bevorsteht. Ich meine nicht meine Rückfahrt nach Paris, sondern das klare Bewusstsein, dass wir nun die letzten Worte austauschen und nach dieser Tasse Tee aufstehen, einen letzten Blick auf die Fotos an den Wänden werfen und weggehen werden. Alle drei spüren wir es, und jeder ahnt es vom anderen, dass wir beginnen auseinander zu treiben, dass sich eine Distanz zwischen uns und diesem Haus ausbreitet, die um so schmerzhafter ist, als unsere Hände noch über die Lehne dieses alten Sessels streichen und unsere Blicke noch denen der Porträtierten an der Wand begegnen.
Ihr Haus, ein echter Familiensitz, ist trotz allem vom beharrlichen Andenken der Generationen durchdrungen, ihrem Leben, das sich in den Möbeln und Gegenständen spiegelt, die vom Vater auf den Sohn übergehen, die von den Verstorbenen zeugen und von der Freude über die Rückkehr der verlorenen Kinder. Genau das ist mein Gefühl, als wäre ich nach langer Zeit zurückgekehrt und fände nun wieder, was ich einst im Haus von Alexandra gekannt hatte. Als ob das Zimmer, in dem sie mir immer vorlas, nebenan wäre, an das Wohnzimmer grenzte, in dem wir Tee trinken. Hier ist das Frankreich, das ich damals zwischen den Buchzeilen entdeckt hatte, im Blick dieser Porträts, in den Worten, die ich höre. Doch das wiedergefundene Zuhause wird erneut zum Traumbild werden.
Unser Gespräch, in dem ich, wie ich spüre, Jacques Dorme jetzt nicht mehr erwähnen darf, kommt entlang der Grenze dieses Verschwindens oft ins Schwanken. Der Kapitän erzählt von der Kirche, die ich unterwegs gesehen habe und die eine lokale Sehenswürdigkeit ist. Und er schweigt verwirrt, als ihm zweifellos im selben Augenblick wie mir die Graffiti an den alten Mauern einfallen und die

Nischen hinter der Apsis, die nach Urin stinken. Er zeigt mir ein in Rot und Gold gebundenes Buch, das erste, das er als Kind gelesen hat. Er schlägt es mit einem Lächeln auf, rezitiert den Anfang eines Satzes und klappt es schnell wieder zu: Der Krach des wilden Motorrollerrennens auf der Straße lässt ihn schweigen. Eine Weile rühren wir uns nicht, tauschen bedauernde Blicke, warten, bis das Getöse vorbei ist. Im Gebrüll des Rappers ist ein Reim deutlich zu verstehen: »Wir im Knast – Nerz im Palast«. Der Klassenkampf …

Als wir auf die Außentreppe hinaustreten, bleiben wir einen Augenblick im Dämmerlicht des Winterabends stehen. Der Kapitän überprüft seinen Schlüsselbund, ich spähe in den hinteren Teil des Gartens, dessen Bäume einen richtigen Wald vortäuschen. Li spricht mit gleichmäßiger Stimme, ohne Bitterkeit: »Früher konnte man sich in dem Dickicht verlaufen, aber seit sie den Parkplatz gebaut haben …« Ich gehe einige Schritte in die Richtung. Hinter den Zweigen entdecke ich mitten auf einem großen asphaltierten Gelände die flache, hässliche Halle eines Supermarkts, von dem das metallische Klappern der Einkaufswagen herüberdringt, die ineinander geschoben werden. »Ich bin so weit, wir können gehen«, verkündet der Kapitän und bückt sich, um Li zu küssen.

Dieser schlichte Satz, dieses »Wir können gehen«, erklärt plötzlich alles. Nicht wir gehen, sondern das Land, ihr Land, ihr Frankreich entfernt sich, wird von einem anderen Land verdrängt. Dieses von kahlen Bäumen umgebene, von einem fast schwarzen Efeu umrankte Haus kommt mir vor wie der letzte Felsen eines untergegangenen Archipels.

Ich drücke Li die Hand und will mich schon vom Kapitän verabschieden, als dieser meint: »Nein, nein, ich fahre Sie zum Bahnhof.« Trotz meines Protests geht er mir zum Ausgang voraus. Ich spüre, dass es für ihn mehr ist als eine Geste der Höflichkeit. Er hat das Bedürfnis, mir, dem Fremden, dem Ausländer, zu zeigen, dass er hier, in dieser Straße, in diesem Land noch zu Hause ist.

Während er die Garage öffnet, kann ich noch einmal einen Blick auf den Hauseingang, das schmiedeeiserne Gartentor und die Außentreppe werfen. Ich muss daran denken, dass sich in diesem zu Ende gehenden Jahrhundert zweimal dieselbe Szene vor diesem Haus abgespielt hat: Ein Mann mit einem Tornister auf dem Rücken überquert die Straße, dreht sich an der Kreuzung noch einmal um und winkt einer Frau, die am Gartentor von Haus Nr. 16 steht, zum Abschied zu. Ein Mann auf dem Weg zur Front. Die Kreuzung … Es ist die Kreuzung, an der eine Stunde zuvor das Auto des Kapitäns bespuckt wurde. In der Dunkelheit sehe ich das Scheinwerferlicht, das über die Kreuzung fegt, Motoren heulen. Die Party geht weiter.

Der Kapitän bittet mich einzusteigen und fährt auf die Kreuzung zu. Er könnte früher abbiegen, eine Seitenstraße nehmen. Aber wir fahren genau an der Stelle vorbei, wo das Paar festgehalten wurde. Ein Motorroller taucht auf, verfolgt uns, fährt einige Meter weit neben der Fahrertür, lässt schließlich von uns ab. Unauffällig beobachte ich das Gesicht des Kapitäns. Eine Maske mit angespannten Lippen und leicht zusammengekniffenen Augen, als wollte er nicht mehr sehen.

Kurz bevor wir am Bahnhof ankommen, versuche ich noch einmal mein Glück. Ich frage ihn, ob er damit einverstanden wäre, wenn die Geschichte seines Bruders unter dem Schutz des fiktiven Namens einer Romanfigur veröffentlicht würde. Erst sieht es so aus, als zögerte er, dann gesteht er: »Wissen Sie, Jacques hat immer davon geträumt, Pilot zu werden, schon als er sehr jung war. Er hatte ein Idol, ein Fliegerass aus dem Großen Krieg: René Dorme. Er hat so oft von ihm gesprochen, dass wir ihn schließlich Dorme nannten. Wir neckten ihn damit: Hast du gut geschlafen, Dorme? Auch seine Schulkameraden nannten ihn immer so. Er war mächtig stolz darauf. Die wenigen Briefe, die er von der Front nach Hause schickte, sind alle mit diesem Namen unterzeichnet …«

Im Zug würde ich mit geschlossenen Augen die Lebensstationen des französischen Piloten an mir vorüberziehen lassen: Spanien, Flandern, Polen, die Ukraine, Stalingrad, die Alsib … Ganz allmählich, als müsste sich das Auge langsam an das neue Licht gewöhnen, sollte dieses Leben den Namen Jacques Dorme annehmen.

Zwei Jahre nach unserer Begegnung erhielt ich einen Brief, in dem sich der Kapitän zurückhaltend, aber richtig über das Buch äußerte, das ich ihm zugeschickt hatte, jenen Roman, in dem ich Alexandras Leben erzählte, in dem ich mir ihr Leben vielmehr ausgemalt hatte. Jacques Dorme kam in dem Buch nicht vor. Für den Kapitän zeigte sich in diesem Verzicht zweifellos, dass ich mich an unsere Abmachung hielt. Ich hatte nicht den Mut gehabt, ihm zu gestehen, dass der französische Pilot geopfert worden war, weil man ihn als »zu wahr für einen Roman« erachtet hatte. Ebenso wie den alten französischen General in den sonnigen Steppen der Wolga …

Sein Brief war in jenem genauen und geschliffenen Französisch abgefasst, das in Frankreich selten wird. Beeindruckt von der feinen Ausdrucksweise, nahm ich den leisen Anflug des Bedauerns, der sich hinter den Worten versteckte, nicht sogleich wahr: die unausgesprochene Anerkennung für die Einhaltung unserer Übereinkunft und zugleich dieser unmerkliche Schmerz darüber, dass ich sie nicht gebrochen hatte. Ja, in diesen Zeilen, zwischen den Zeilen steckte eine Hoffnung, Jacques Dorme möge durch irgendein schriftstellerisches Zauberkunststück wieder zum Leben erweckt werden, ohne dadurch gleich der trägen Neugier eines Landes anheim zu fallen, in dem er sein Heimatland nicht wiedererkannt hätte.

Die Widersprüchlichkeit, die mir in seinem Brief begegnete, diese Unentschiedenheit zwischen der Angst vor dem Vergessen und der Weigerung, sein Andenken weiterzuverbreiten, brachte mich auf die Idee, eine anspruchslose Gattung zu wählen und eine Chronik zu verfassen, bei der das einzig Künstlerische darin bestehen würde, dem Gitternetz der bloßen Fakten treu zu bleiben und nur den Namen des Piloten durch seinen Spitznamen zu ersetzen.

Ich überdachte diese bescheidene Aufgabe des Chronisten noch einmal, als ich ein Jahr später aus Berlin zurückkehrte. In keiner anderen Stadt hatte ich je so große Anstrengungen zum Gedenken an die Vergangenheit gesehen und war zugleich einem solch triumphalen Willen begegnet, diese Vergangenheit unter den Baustellen einer wie Phönix aus der Asche wieder auferstehenden Hauptstadt zu begraben. Um ehrlich zu sein, dieses brutale Niederwalzen war mir lieber als das, was in Frankreich zu diesem Thema gedacht und gesagt wurde. Jedenfalls lieber als die herablassende Ironie eines Historikers, neben dem ich einmal bei einer Fernsehdiskussion saß. Er hatte mit leicht verächtlicher Belustigung von den »picrocholesken* Feldzügen Hitlers« gesprochen. Die Teilnehmer lächelten darüber wie über ein Bonmot, nahmen den verbalen Schlagabtausch wieder auf und führten Frankreichs beschämende Untätigkeit sowie den harten russischen Winter an, der den Vormarsch der Nazis zum Glück gestoppt habe … Man hätte ihnen sofort entgegnen müssen, dass jener Picrochole die stärksten Armeen der Welt geschlagen und an der Lebensader Russlands, an der Wolga, gestanden hatte,

* Anspielung auf die Figur des Königs Picrochole aus Rabelais' *Gargantua und Pantagruel.* (Anm. d. Übers.)

kurz davor, den entscheidenden Sieg zu erringen. Die Diskussion war zu gedrängt, ich fand keine Möglichkeit einzuhaken. Da fiel mir wieder eine Geste ein: Ein französischer Pilot entfaltet eine Landkarte, legt eine Streichholzschachtel auf das violette Sechseck seines Landes und nimmt sie anschließend als Maß für die besetzten roten Flächen der Sowjetunion. Diese Geste wäre die beste Antwort auf die Strategen der Fernsehdiskussion gewesen. Doch die Sendezeit war bereits abgelaufen, und die Sendung endete mit der spöttischen Bemerkung: »In Stalingrad hat ein totalitäres Regime dem anderen den Garaus gemacht, das ist alles!« In diesem Augenblick konnte ich die Vorbehalte des Kapitäns besser denn je verstehen … Während wir abgeschminkt wurden, warteten vier oder fünf junge Frauen, die für ihren Auftritt geschminkt werden sollten. Wie so viele Gäste in diesen Vorzimmern der Medienbasare waren sie krankhaft aufgeregt. Schriftstellerinnen, die gleich über das Thema »Gibt es eine weibliche Schreibweise?« diskutieren würden.

Am Abend nach der Sendung las ich eine alte Broschüre noch einmal, die ich bei den Bouquinisten in Paris entdeckt hatte. Sie war kaum drei Monate nach der Niederlage im Juli 1940 verlegt worden. Auf einem schlechten, rauen und grauen Papier gedruckt, stellte sie die militärische Lage während des Frankreichfeldzugs dar, ohne die historischen Lehren daraus zu ziehen. Eine unvollständige Chronik, die zu allem Überfluss noch von den Deutschen zensiert war, eine Folge kurzer, aus dem Leben gegriffener Skizzen: die Verteidigung eines Dorfes, der Kampf Mann gegen Mann in einer Kleinstadt, der Verlust eines Schiffs … Daten, Namen, Dienstgrade. Ein Krieg aus der Sicht von Soldaten, nicht jener Krieg, der ein halbes Jahrhundert später in den Geschichtsbüchern nachgespielt wurde:

»Schließlich erreicht das Regiment auf seinem siebentägigen, von ständigen Gefechten begleiteten Rückzug die Gegend von Charmes. Vier französische Divisionen, die ein Karree bilden und von allen Seiten eingekreist sind, kämpfen dort ohne jede Hoffnung. Das 18. Infanterieregiment hat mehr als die Hälfte seiner Männer verloren …«
»Der Kampf wird nun mit außergewöhnlicher Verbissenheit geführt. Man kämpft mit Granaten, an manchen Stellen mit Bajonetten. General Cafarel verteidigt höchstpersönlich seinen Befehlsstand und fällt … Das 2. Bataillon des 17. Infanterieregiments verliert innerhalb von zwei Tagen zwölf von fünfzehn Offizieren, alle Unteroffiziere bis auf vier, vier Fünftel seiner algerischen Schützen. Sie fielen als Helden, ohne auch nur einen Fingerbreit zurückzuweichen …«
»Die Truppenstärke der Division ist auf wenige Männer geschrumpft. Um 18 Uhr will der Feind die Schlacht endgültig für sich gewinnen und geht zum Sturm über. Mit der Munition der Verwundeten und Toten können sich die Kavalleristen der 2. Division halten. Die Maschinengewehre feuern ihre letzten Munitionsladungen. Der Feind wird zurückgeschlagen …«
»Das Torpedoboot *Foudroyant* sinkt schnell. Der Bug des Schiffes ragt noch einige Minuten aus dem Wasser. Sein Kommandant, Kapitän Fontaine, bleibt mit bewundernswerter Kaltblütigkeit auf dem Bug stehen, bis es vollständig gesunken ist …«
In dieser Nacht begann ich wirklich innerlich an der Chronik des Lebens von Jacques Dorme zu schreiben. Ich wusste, dass ich auch von dem Jugendlichen würde sprechen müssen, der ein Land entdeckte, in dem die vier Edelmänner aus der Guyenne lebten, aber auch der Soldat aus dem »letzten Karree« und jener andere, der an den

Ufern der Maas fiel, »genauso bettelarm wie in seiner Jugend, als er nach Paris kam«. Dreißig Jahre später waren sie in meinen Gedanken General Cafarel, Kommandant Fontaine und dem 2. Bataillon des 17. algerischen Infanterieregiments sehr ähnlich.

Eine Woche nach meiner Rückkehr aus Berlin reiste ich noch einmal in die Heimatstadt von Jacques Dorme. Diesmal hatte ich vor, mehrere Tage dort zu verbringen und mich in einem Hotel einzumieten, damit ich Zeit hätte, die einstige Stadt zu rekonstruieren, wie man ein Mosaik restauriert, nur dass meine Emailscherben ein hundertjähriger Baum bei der mit Graffiti besprühten Kirche oder das Ladenschild einer Bäckerei waren, jene bildhaften Buchstaben, die seit den Jahren zwischen den Kriegen nicht verändert worden waren, die Ansicht einer Straße, an der keine hässlichen Satellitenschüsseln zu sehen waren. Ich meinte noch einmal das Bild zusammensetzen zu können, und sei es auch nur für einen kurzen Augenblick, das Jacques Dorme in seiner Jugend gesehen hatte, den Anblick, den seine Heimatstadt, sein Vaterland damals boten.

Ich rief mehrmals beim Kapitän an, doch weder er noch Li hoben ab. Auch das Band ihres Anrufbeantworters schwieg, dessen ironische Höflichkeit mir früher ein Lächeln abnötigte. Wenn ich diese Umstände in eine Romanhandlung hätte einbauen müssen, hätte ich wahrscheinlich von wachsender Unruhe, Fragezeichen gesprochen … In Wirklichkeit war mein erster Gedanke, dass sie tot sein könnten. Und das vorherrschende Gefühl dabei war weder Trauer noch das Bedauern, dass ich so lange ge-

zögert und meine Zeit mit den Belanglosigkeiten vertan hatte, die für gewöhnlich das Erscheinen eines Buches begleiten. Nein, ich hatte vielmehr das Gefühl, die Sprache verloren zu haben. Als würde die Sprache, in der ich mich mit dem Kapitän unterhalten hatte, von sonst niemandem mehr gesprochen werden.
Im Zug fiel mir noch ein, dass Alexandra dieses Gefühl, eine verschwundene Sprache zu sprechen, in Russland ihr ganzes Leben über gehabt haben musste.

In der Allée de la Marne Nr. 16 deutete nichts auf den Tod hin. Man ahnte nur die Leere hinter den geschlossenen Fensterläden, das Haus sah verlassen aus. Das Garagentor war über und über mit Leuchtfarben beschmiert, die an Kraft inzwischen verloren hatten. Die Enden des Drahts, mit dem das Schild »Zu verkaufen« an den Gitterstäben des Gartentors befestigt war, waren rostig. Doch der Briefkasten lief noch nicht über. Ich drehte mich um, als mich eine Stimme ansprach, die ich kannte: Es war die Nachbarin aus Nr. 11, die ich für eine ehemalige Sängerin gehalten hatte. »Ich hole immer die Werbung heraus, das muss man tun, sonst stecken sie den Briefkasten in Brand, wie gegenüber bei meinem Nachbarn …« Sie schloss den Briefkasten auf, holte einen Prospekt heraus. Sie hatte ohne jeden Groll von »ihnen« gesprochen, eher mit Resignation, wie man hier im Norden vom Wetter spricht. »Li ist nach Kanada gegangen. Sie will dort bei ihrer Schwester bleiben …« Wir gehen schräg über die Straße von Nr. 16 zu Nr. 11. Über Lis Abreise hinaus erzählte die »Sängerin«, die dachte, ich sei auf dem Laufenden, nur noch, dass sie die Asche ihres Mannes mitgenommen habe.
Als ich wieder allein in der Allée de la Marne stand, stellte ich mir intensiv die letzten Minuten vor ihrer Abreise vor.

Lis Gesicht, diese blasse, ausdruckslose Maske und die Kraft dieser asiatischen Starre, die ihren Schmerz besser ausdrückte als irgendwelche verzerrten Gesichtszüge. Ich sah sie die Außentreppe hinuntergehen, das Gartentor zuschließen, ins Auto steigen …

An der Kreuzung, über die sie gefahren war, blieb ich stehen. In der nassen Undurchdringlichkeit der Abenddämmerung schimmerten die Straßenlampen milchig blau. In einer Telefonzelle, deren Tür eingeschlagen war, hing der Hörer am Kabel herunter. Er war unbeschädigt und man hörte zischende Stimmen, als ob hier noch jemand anrufen würde. Der Wind fächerte die versengten Blätter des Telefonbuchs auf.

In der Mitte der Häuserreihe an der Allée de la Marne konnte ich das Gartentor von Nr. 16 erkennen. Ich dachte, dass die Entfernung zwischen dem Haus eines Soldaten, der gerade in den Krieg aufbrach, und dieser Kreuzung, an der er sich umdrehte, um einen letzten Blick auf diejenigen zu werfen, die auf seine Rückkehr warteten, dass diese hundert Meter genügen würden, um das Land Jacques Dormes zu verstehen.

Beim Start neigt sich der Hubschrauber stark zur Seite, und ich kann das Haus »am Rand«, das Licht im Küchenfenster sehen. Mir scheint, als schaute der Pilot mit einem Auge ebenfalls zu diesem Lichtschein. Vielleicht der letzte Lichtschein bis zum Nordpolarmeer, denke ich und kann mir die weiße Unendlichkeit kaum vorstellen, die sich vor uns auftut und unser leichtes Cockpit wie eine warme Luftblase in ihrem unermesslich weiten, eisigen Atemhauch aufsteigen lässt.

Die unberührte Leere des Tscherski-Gebirges.

Unmerklich werden die Gipfel höher. Man kann es daran erkennen, dass die dunklen Striche der Zwerggehölze zusehends verschwinden, die sich noch wenige Minuten zuvor an diesem äußersten Rand der Tundra festklammerten. Weiter oben gibt es nur zwei Stoffe, Eis und Fels. Und zwei Oberflächen: die mit steinhartem Firn überzogenen Ebenen und die kahlen Einschnitte zwischen den Bergkämmen.

Nach einer Stunde landen wir auf einer dieser Hochebenen. Das Gelände wirkt aus der Luft sehr weitläufig, doch bei der Landung zeigt sich, dass sich zwischen zwei weißen Wänden eine Bruchlinie gebildet hat und zu einer langen Spalte zwischen zwei steilen Eishängen geworden ist. Ich helfe den beiden Lews, ihr Arbeitsgerät auszuladen und gleichmäßig auf einem kleinen, flachen Schlitten zu verteilen.

»Wie viele Sprengladungen habt ihr dabei?«, fragt sie der Pilot. Der große Lew beginnt zu rechnen. Wie ein Pfadfinder ruft der kleine Lew mit eifrigem Gesicht: »Zwölf, Chef. Sobald sich die Sonne zeigt, fangen wir an, dann sind wir vor Sonnenuntergang fertig. Bleibt gerade noch Zeit genug zum Einladen.« Die Sonne ist noch nicht aufgegangen. Eine Stunde und fünfunddreißig Minuten wird sie heute am Himmel stehen, erklärt mir der Pilot … Die Geologen machen sich auf den Weg zu einem in Stufen ansteigenden Hang. Mit dem ausgestreckten Arm auf eine Felsnische deutend, zeigt mir der Pilot den Weg: Man muss um eine Gletscherzunge gehen, dann das Tal verlassen und einer langen, schmalen Hochebene folgen, bis der Gipfel, der zuerst wie ein einziger Felsblock aussieht, sich in drei kahle Spitzen teilt: der Dreizack …
»Unsere Bomber haben heute zwölf Sprengladungen. Sie werden also zwölf Explosionen hören. Zählen Sie genau mit. Bei der letzten müssen Sie sofort den Rückweg antreten. Wenn die Geologen ihre Steine eingesammelt haben, fliegen wir los. Warten können wir nicht …«
Ich mache mich auf, schaue mich mehrmals nach den Bergzinnen um, die unseren Landeplatz einrahmen, versuche mir Anhaltspunkte einzuprägen. Der Himmel ist schon fast hell, in einer halben Stunde wird die Sonne aufgehen … Als ich um den Fels mit der Eishöhle gehe und der Landeplatz aus meinem Blickfeld verschwindet, höre ich die erste Sprengung.

Das Echo der siebten, vielfach vom Berg zurückgeworfenen Explosion erreicht mich in dem Moment, als ich einen felsigen Gipfel erblicke, ein Massiv aus silbrig schimmerndem Gestein. Seine Gestalt erinnert an einen großen milchigen Feuerstein, den die Winde grob geschliffen haben.

Ich blicke auf meine Uhr: Seit zwanzig Minuten ist die Sonne aufgegangen. »Aufgegangen« bedeutet, dass sie knapp über den Horizont gestiegen ist, für mich aber hinter den Bergkämmen unsichtbar bleibt, bevor sie für eine mehr als zwanzigstündige Nacht wieder untergeht.

Der Gipfel scheint zurückzuweichen, wie alle Berge, auf die man zugeht. Ich bleibe in dieser Zeitspanne stecken, die mich zurückweist, mich aufhält wie die festgefrorene Schneedecke, auf der ich ausrutsche. Auf die achte Explosion folgt unmittelbar die neunte, fast wie ein Echo. Und der Gipfel ist noch immer ein einziger Block. Vielleicht ist es ja gar nicht der Dreizack. Ich sehe mich um: Drei oder vier Gipfel erheben sich in nahezu derselben Richtung.

Der Widerhall der zehnten Sprengung hört sich bereits so dumpf an, dass ich weiß, wie weit ich mich von unserem Landeplatz entfernt habe. Die unsichtbare Sonne steht seit fünfundvierzig Minuten am Himmel. Ich mache größere Schritte, versuche zu laufen, falle hin. Der Schneeboden, auf dem ich mich zum Aufstehen abstütze, ist hart und trocken wie Schleifpapier.

Plötzlich zeigt der Gipfel zwei kleine Einschnitte, durch die Licht dringt. Die zuvor ebene Oberfläche bildet Facetten aus, Abhänge erscheinen, Höhlungen, die in einem satten violetten Schatten liegen. Ein Sonnenstrahl bricht auf einmal durch irgendeinen verborgenen Riss, einen Felsdurchbruch, der diesen kurzen Lichteinfall zulässt. In weiter Ferne explodiert die nächste Ladung. Das Echo hallt noch länger nach als zuvor. War es die elfte? Oder schon die zwölfte, die letzte? Ich weiß nicht mehr, ob ich richtig mitgezählt habe. Die Worte des Piloten fallen mir ein: »Wir können nicht auf Sie warten. Sonst zerstückele ich in der Dunkelheit noch die ganzen Felsbrocken mit

meinem Rotor.« Ich renne los, die Augen auf den Gipfel gerichtet, rutsche mehrmals aus, der Boden unter meinen Füßen ist nicht mehr fest, der Wind peitscht lange Puderschnuppen auf. Doch bei jedem Schritt ist die Veränderung sichtbar. Die Lichtstrahlen werden immer breiter, teilen den Berg in drei gewaltige Kristalle, spalten seinen Gipfel. Er sieht nicht wie ein Dreizack aus, sondern eher wie der gebrochene Flügel eines Vogels. Ich gelange an eine steile Wand, bleibe stehen, durch die Kälte schürft mir mein Atem die Kehle auf. Eine graue Gletscherzunge versperrt den Weg. Ich suche die drei hellen Seitenflächen des Bergs ab. Auf dem Fels liegt kaum Reif. Wenn es in diesen Regionen, in denen die Winter sehr trocken sind, einmal schneit, rutscht der Schnee an den glatten Flächen ab. Steilwände, Kluften, riesige Zinnen oder Firngrate, die sich seit Jahrtausenden nicht verändert haben, türmen sich auf. Dazwischen Garben von Sonnenstrahlen, die bereits matt werden. Sonst nichts. Nichts …
Und plötzlich sehe ich das Kreuz des Flugzeugs.

Zwei dunkle Striche liegen auf dem hellen Untergrund des Reifs über Kreuz. Sie befinden sich nicht im Bereich der sonnenbeschienenen Gipfeldreiecke, sondern weit unterhalb von ihnen am Fuß des Lichtbündels. Die Umrisse des Flugzeugs sind leicht zu erkennen, denn die Maschine ist nicht zerbrochen wie nach einem Aufprall, sondern hat sich bei einem Landeversuch an den Fels gedrückt, ist dort hängen geblieben und mit dem Berg, seiner Eiswüste und seinen endlosen Nächten zusammengewachsen.
Kein Gedanke, der mir durch den Kopf geht. Keine Gefühle. Nicht einmal Freude darüber, am Ziel zu sein. Nur die Gewissheit, nun das Wichtigste von dem zu erfahren, was ich verstehen wollte.

Der Sonnenstrahl wird schwächer. Doch das Flugzeug ist noch sichtbar. Ich erkenne sogar das schimmernde Cockpit. Unter einer Glaskuppel lässt sich der Widerschein eines Lebens erahnen. Eines stillen Lebens, das sich auf eine Vergangenheit konzentriert, von der bald nichts mehr auf der Welt übrig sein wird. Des Lebens, das wir in ungewandten Worten mal den Tod, mal das Vergessen, mal die Erinnerung des Menschen nennen.
In diesem Augenblick kommen mir die Sätze des großen alten Mannes in den Sinn, der versucht hat, über dieses Leben zu sprechen und über die Distanz, die uns von ihm trennt: »… betrachten sie den Himmel, ohne zu erblassen, und die Erde, ohne zu erröten«. In einer Vergangenheit, von der ich lange Zeit geträumt habe und die mir plötzlich vor Augen steht, springt ein Flieger aus seinem Cockpit, stellt sich neben sein Flugzeug und hält sich mit einer Hand an der Kante einer Tragfläche fest. Ich komme seinem Schweigen unendlich nahe, ich errate, was sein Blick auf die Erde bedeutet. Ein altes Holzhaus irgendwo in den Steppen, eine Nacht im Krieg, die langsam gesprochenen Worte einer Frau, die ersten Böen eines Frühlingssturms, eine kurze Liebe, deren Ewigkeit mit den Perlen zerstiebt, die von einer zerrissenen Kette zu Boden prasseln …
Das Echo der Explosion dehnt sich, und der vielfach zurückgeworfene Schall bringt eine lange Welle zum Schwingen, die immer klarer wird. Ein Klang, der sich so sehr läutert, dass man den Eindruck gewinnt, er erklinge jenseits unseres Lebens in einer Ferne, von der dieser arktische Tag nur ein flüchtiger Abglanz ist. Hier verhallen die Töne des Echos, vergehen unter dem Knirschen der Eisnadeln, die der Wind über den Boden weht. Aber der Mann dort unten neben seinem Flugzeug hört sie immer. Ein langes Abschiedslied, ein Lichtgesang.

Eben ist der Sonnenstrahl erloschen, das Kreuz des Flugzeugs wird von der schnell fahler werdenden Nacht geschluckt. Die ersten Windböen verwischen die Umrisse der Berge. Ich werde mich nicht mehr an den Felsspitzen orientieren können, die ich mir auf dem Hinweg eingeprägt habe. Aber das letzte Echo schwingt noch immer zwischen den Gipfeln. Eine straff gespannte Leine, die dem Wind widersteht. Eine Saite, die ganz tief in mir schwingt.

Ich muss ihr einfach nur in einem fort zuhören, dann finde ich den Weg zurück.